U0095458

再见帕里斯

张佳玮 ● 著

作家出版社

目录

特洛伊之战

在传说中的希腊本土，阿加门农的弟弟墨涅拉俄斯终于迎娶到世界上最美丽的女人——海伦。然而，灾难却从那一天开始降临。

海伦是阿米克莱之王廷达瑞俄斯的女儿，拥有宙斯血统。在她十四岁的时候，因为她的美貌，希腊著名的英雄忒修斯就曾企图携她私奔，但未遂。

海伦婚后不久，遇到了帕里斯。帕里斯是与神有着"金苹果之约"的风流男子，可以得到世上最美的女人。因为他的出现，祭司认定他会给特洛伊带来毁灭式的命运，便被放逐到伊达山放牧多年。嗣后，为了向希腊讨还自己的姑母赫西俄涅，帕里斯奉父亲之命去到了希腊本土，在那里遇到了海伦。他与海伦迅速相爱，并且毫不犹豫地进行了名垂千古的一次私奔。

以夺回海伦为借口，希腊王阿加门农组织了整个希腊所有的小国王及勇士（包括阿喀琉斯），以十万大军渡海而来，在特洛伊城外驻扎。

这场伟大的战役耗时十年。

在第十年时，阿喀琉斯有生以来首次动情，爱上了俘虏来的布里塞伊斯。而同样要求占有布里塞伊斯的阿加门农，与阿喀琉斯发生了巨大的冲突。希腊联军一度崩溃。

　　战争的最后，阿喀琉斯杀死了特洛伊城的支柱人物赫克托耳，而自己被帕里斯射死。帕里斯死于菲洛克忒忒斯的弓箭之下。特洛伊城被奥德修斯的木马计攻破。

　　特洛伊城毁灭。

　　美丽无双的海伦终于回归阿米克莱，过着风平浪静的生活。

　　由于这场私奔而爆发的战争至此结束。

　　——这就是历史上最为悲壮的特洛伊之战。

　　有关特洛伊之战的文学记载，最著名的莫过于被称为《荷马史诗》的《伊利亚特》及《奥德赛》。

1

初吻

我曾经，和我男朋友，
在下行的自动扶梯上，向上走。
好有意思。
很多人，商场的很多人，
都围着我们，看。

时间：2005 年 2 月 19 日
"陈"爱上了小悦的那一天

A

第一声巨响落在他的耳膜里的时候，阳光正爬过檐角扑向他的眼睛。

呻吟被咽喉的肌肉压迫着，艰难穿越牙齿的阻隔。他的眼睑经历了阳光的抚摸，以及关怀备至的，手掌的摩挲。随即，他的瞳仁接触到了光明，望到了天花板上拜占庭风格的花纹。

他用肘部支起了身子，像一个昏聩的土耳其皇帝一样支着腮依在躺椅上。

房屋的主人，此时依然如一只馋灶猫一般匍匐在床铺上的胖男子，正痛苦地用双手按住耳朵。作为赋予这个行为悲剧性意义的象征，第二声巨响，接踵而来。

他拥有了清醒的意识了。

他的脚在觅拖鞋。

随即，胖男子的耳中响起了拖鞋与地面的摩擦声，像机关文书用纸张摩擦丛林的树干。

在阳光下，他升展的手臂像一个虔诚的教徒在回光返照。

他叉起腰站上了阳台。初春上午的微寒使他打了一个冷战。

胖男子的右手伸向床头茶几上半开的烟盒，于是他听到了"噼啪"的打火机开关声。

他用右手抚摸了一下自己鼻子的尖端。

他注意到了身侧的窗台上有几片碎玻璃和一颗圆润的石子。

3

再见帕里斯

那颗石子的大小恰好适合一个十二岁少年纤细的手掌尺度，应当是出自于弹弓。古老的投射器械，柔韧的木材和劣质的橡皮筋的搭配，连一座鸟巢都无法建立，却足以进行破坏。他拿起了一片三角形的碎玻璃，拈在拇指与食指之间。他的右手抬了起来，让玻璃参差到他的瞳仁与天空之间。在因不规则破碎而愈显锋利的玻璃边角的映射之下，蓝色的天空仿佛也有了些许的倾斜。

在他观望天空的过程之中，那夯实的巨响依然在他耳边响着。

"是什么声音呢？"他问。

"是起重机在和楼房做爱。"胖男子说。

B

太阳升高了一点之后，胖男子和他一起坐在阳台上。两个人都穿着拖鞋，胖男子右手执着第二根香烟，左手把烟盒伸给他，食指拨出了一根烟。他摇了摇头。胖男子的左手悬停不动。他回过头来，笑了一笑。

"我不会抽烟的。"他说，"谢谢您。"

"你会学会的。"胖男子说，"在上海，什么东西都学得很快。"

他又坐了一会儿，等胖男子把第二根烟抽完，开始抽早先拨出的那支烟时，他站起身来，"我想刷牙。"

"卫生间，那柄红色的牙刷是新的，你用吧。刷牙杯只那一个，

没法子了。热水龙头是左边那个。洗脸的话,用那条蓝色毛巾。"

C

他在水池里放满了水,把那条已旧的蓝色毛巾沉了进去。

水池上方有一个镜子。他看着自己——有胡髭,眼睛的边缘有血丝,皮肤的毛孔显得格外粗大,嘴唇血色偏淡。

他看着蓝色的毛巾升起,隔绝了目光和镜子的对话。

湿漉漉的毛巾。不知道擦过多少人的脸或身体。他想。

脸是湿的。再擦一次。再擦一次。好多了。

毛巾下降。

他又看到了自己的脸。

镜中的脸孔,紧紧抿着嘴。坚毅的线条。

有那么一会儿,他忘记了这是自己。

他像在看另一个人的脸了。

他走回卧室时,胖男子斜倚在躺椅上,朝天花板吐着烟圈。

他站在从阳台上扑入的晨光中,发了一会儿呆。思绪犹如烟圈,形状氤氲飘忽,内容疏松柔缓。

从阳台门望出去,他看到了几乎与阳台平行高度的轻轨轨道。那乳白色的高架桥,那半透明的带有高科技意味的护墙,钟摆一

再见帕里斯

般的施工声中开始杂入一片绵密的风驰之声。

他看到轻轨列车毫无感情色彩地驰过，无数连绵的窗户反射着日光，耀人眼目，煊赫烂漫。

他的眼睛被刺痛了。

他觉得嗓子发干。

他咳嗽了两声。

"谢谢你了。"

"叫我阿宝好了。"胖男子说，"老涅总是叫我宝宝的。"

"呵呵，这名字乍听像孩子。"

"本来就是孩子。谁都是孩子。"阿宝揉着眼睛说。

"那，我想，我还是先走了。"他说，"还是谢谢您留我过夜。"

"哪里，你是老涅的朋友嘛。"胖男子说。

"他怎么样了？"

"他喝吐了，"阿宝无所谓地说，"老样子。来时一堵墙，去时一摊泥，他吐之前要我好好照顾你的。你是昨天刚来上海？"

"是。刚下火车，就过来了。"

"那你现在去哪里？"

"去老涅家里。没找到房子前，我暂时住他家。我打车去。"

"打车会贵死的。"阿宝眯着眼，用右手挠了挠耳朵，右手无名指上的金戒指熠然生光，"你坐轻轨去。从这里往南走，走十分钟。买四元钱的票，第七站下来。然后如此这般走……"

"轻轨？"

"就是那个。"阿宝抬起手来，仿佛纳粹军礼一样，指向窗外那悬空的轨道。

"好，谢谢了。"

"等一下，"阿宝说，"我现在走不了路。你帮我办一件事情吧？不麻烦吗？"

"什么呢？"

"你看我的写字台，那里，一个信封，里面是小说稿子。你出门到了轻轨站，朝路的左边看，一座大楼，那是钢材市场。你进去，找到三楼，昌盛钢材。你把这个信封交给那里一个王老师，《全中文》文学杂志的王老师。好了。"

"昌盛钢材，王老师。"

"对对。不麻烦吧？"

"没事。那下回见了。"

他把手按在了门把上。猝然而来的酒后头痛徐缓了他的动作节奏，他确认着自己的一切：背包在背上，信封在腋下，钱包在胸口的袋子里，手机在腰里。他听到阿宝的声音传过客厅，与施工的轰鸣声响彻一体，"对了，昨天晚上，跟你那女孩儿，怎么样？"

"女孩儿？什么女孩儿？"他问。

他的回答犹如一块石头落入了大海，激起了一片大笑的浪潮。

再见帕里斯

$\mathcal{D}$

现在，他正沿着轻轨轨道在地面的投影步行。

他已经观察过他腋下未封口的肥大信封——批量生产的普通信封。既然没有封口，理论上他是可以抽出一阅的。只是他并未如此做。

他像一只刚钻出树洞的春熊似的谨小慎微。

拔地而起的轻轨轨道始终悬峙在他的头顶。对于这充满压迫性的巨大设施，他并未刻意去打量或回避。他心安理得地让自己的步伐准确地落在阴影的此侧与彼侧，距离由此消磨。

他听见时而路过的风吹过道旁的树，沙沙的声音此起彼伏，犹如潮汐来临。

后来他回忆起这天早上的步行，总会想起那条轻轨轨道的阴影。这悬于高空的奇特建筑，漫长绵延，了无绝期。这奇特的壮丽挥霍了他想象的空间，使他感受到了作为这条轨道及其庞杂交通体系的拥有者的，这座城市的，宏伟不朽。

他走在轻轨轨道与路侧屋宇夹峙的狭长阳光带中。一夜之间的暴暖使得这春日的阳光带有了令人脉搏加速的温度，他感到了一种浅浅的干渴。咽喉宛如最后一棵树被伐去的土地一般，在风里发出轻轻的沙沙声。

女孩，他想，昨晚上那个女孩儿。

酒后的习惯性头痛，丝一般从他多褶皱的大脑皮层深处游走

而来。

由于睡眠不足，他的身体慵懒而敏感，痛楚与不适因此较之平时格外强烈。

女孩儿。

胖男子的大笑声。

他开始推想昨晚的一切。

打嗝。

经牙膏润涤之后已然清爽的口腔，此时又一次被酒与胃酸的混合腐朽味道占领。

是的，昨晚喝酒了，陪着老涅和他那些朋友们。

在晦暗的灯光下，蒙昧不清的脸。

南方口音的劝酒声。

喝。

一次又一次地喝。

事件的构成是线性的，可以叙述出来，然而，却无从回忆起具体的意象。

第一个浮上脑海的画面是长沙发。

那是 KTV 的包房。

喝醉了的人们在唱歌。

啤酒罐——未开封的，已喝干的，喝了一半的，被当作烟灰

再见帕里斯

缸投入烟头而发出无可救药气味的——排满了惟一的桌子和地表，像一个闷罐头。

歌声被虚化成巨大的锤子，击打着幽闭空间的墙壁。

接下来的，是头发的感触。

细而密的发丝。

他的脖子和他的脸。像夏日的竹席，然而远为细腻。依稀有发香。

喝醉了酒即是如此，郑重其事的承诺也许都会忘记，可是，那些远为细微的，味道、声音、色彩，却会持续在意识之中，云烟般氤氲不定。

有植物香味的发丝出现在他的脸侧。

温煦的体验。

他摇了摇头。

轻轨站出现在他眼前。他穿过马路，踏入了车站，踏上了自动扶梯。

在自动扶梯上到一半时，他想起了腋下信封的存在。

他手忙脚乱地沿自动扶梯向下跑。

一个正乘自动扶梯而上的戴眼镜夹公文包读早报的中年男子被他擦到了肩，在他身后大声地用方言问候着他的祖先。

他跌跌撞撞地跑出轻轨站，抬头觅——胖男子说的是什么来着？——钢材市场。按照他曾经被谆谆嘱咐的，那应当就在附近。

第 *1* 章
初吻

E

　　他穿过了马路，来到了那幢与轻轨站隔街相望的大楼前。几辆卡车如印度街头横行的大象般从他身旁碾过，他畏缩地躲开了这些庞然大物的阴影。

　　阳光明暗不定的掩映在他身上。

　　他的意识随着忽明忽暗。

　　有什么在牵动着他。大象。起重机和楼房做爱。他微笑起来，这个城市的人非常懂得开玩笑。

　　钢材市场大楼前有几个穿着制服的人。他们坐在阳光里，中间放着一张桌子，桌子上凌乱地散着纸牌，他们喷出的香烟在阳光下显得温厚而虚无。

　　他走了过去。在经过他们身侧时，出于保险起见，他问道："对不起各位，请问一下，我想找昌盛钢材的王老师。他是在三楼吗？"

　　没有回音。

　　几张斜叼着香烟的嘴轻轻呜噜呜噜了几声，显示了对昌盛钢材和王老师的极度不重视。

　　他站了一会儿。烟味很呛，他压着嗓子咳嗽了几声。然后，他走开了。

　　钢材市场的大门敞开着，走廊没有开灯。阳光与暗的界限。他捏了捏腋下的信封，他把一只脚踏入了走廊的阴影中，顿了一顿，阳光里的那只脚随即跟进。

再见帕里斯

走廊里布满了房间。

有些房间门口坐着人，有些房间则紧闭着。每个房间门上，都挂着一个标牌。坐着的人们彼此隔着河流一般喊着话，狭窄的走廊回荡着语声，听不分明。

他找楼梯。

上楼梯时，他看到了墙壁上的字样：上楼梯请靠右行。他于是靠向右，把手放在了右侧栏杆上。

大概在二层到三层的楼梯间有一个念头攫取了他。

有一个语声响了一下，一个女孩儿的语声，"你坐过自动扶梯吗？"女孩儿问。

自动扶梯。

他刚才从那个向上的自动扶梯上向下奔跑。

女孩儿说："我曾经，和我男朋友，在下行的自动扶梯上，向上走。好有意思。很多人，商场的很多人，都围着我们，看。"

后来，语声断绝。

发丝拂在了他的脸上。

温煦的脸。

他闻到了发香。

不远。

那时是暗的。

他想。

女孩儿。

自动扶梯。

"我好爱他的。"女孩儿继续说。

他模模糊糊的,似乎,记起了,那个女孩儿的脸。那脸嫣红如桃花,那眼眸因为醉了,迷离得像东欧产的甜酒。

他的鞋子踏上了三楼。

走廊很暗。有人在下象棋。

他沿着走廊前行,一个一个辨认着门牌的字样。接近走廊的尽头,他看到了"昌盛钢材"的门号,门虚掩着,这种随意的观感令他有些紧张。他轻轻地敲门,尽力不使门产生移动。

"请进来。"他听到里面的人说。

他推门进去了。

他看到一张漆成白色的带有乳胶质感的办公桌,阳光从仅有的一个窗户中洒落在办公桌前,一个中年男子的秃顶上。

秃顶男子的左手按住了正凑在右耳的电话听筒之上,发问:"您找?"

"我找昌盛钢材的王老师。"

"我就是,你要联系钢材?螺纹钢?您是姓卢的那位?"

他因为自己有负所望而感到不安,他嗫嚅着不说话,王老师用一个似乎表达亲狎的手势示意他不要出声。

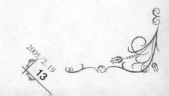

再见帕里斯

他听到王老师继续在说电话："是这样……房租是800……是的，需要大衣柜，我下午就能让人送到。电话下周一也可以安好。您知道，房租是不可以减的了……以前都是800，从来都是800……这么个地段，750和700的房子，除非你是合租……我这个房子给你不算合租，只不过是，只不过是用一个厨房和卫生间而已。关了房门，都是一样的……好的，您再考虑一下。我中午回来。您如果愿意我们就签合同……750元太低了，我买了大衣柜了。电视机不是不可以商量……好的……好的……"

电话挂断。

王老师回过头来，"久等了。"他说，"您是丽华公司那位卢老板？"

"我是……"他说，"有一个朋友，要我送一份东西给您，这个，一份，小说稿。"他说。

他把腋下的信封递了过去。王老师双手接过，扫了一眼。他点头，"噢，是阿宝要你来的，是吧……好的，谢谢了。你看过我们的杂志吗？《全中文》？"

"没有。"

"是本不错的杂志啊，虽然发行量不大，但是，都是，纯文学的，很有思想意义和先锋精神的一本杂志啊。"王老师说，"这一期我们要做关于麦尔维尔的专题，关于《白鲸》的多文体展示和象征意义的……"

"一定很精彩。"他说。

对话到此断绝。王老师将手指放在了茶杯的把手上，轻轻地转着圈。两个人交替咳嗽了几声，哑剧现场一样。他发现了自己的尴尬处境，他退开了几步。

"那么，我先走了。"

"噢，"王老师如梦初醒般地说，"谢谢您了。您贵姓？"

"我姓陈。"他说。

"麻烦您了。"

"哪里，下次，一定去买王老师的杂志来看看。您忙着。"

"谢谢啊。是《全中文》杂志。谢谢您啦……我打个电话……"

他退出房间的时候，听到王老师说："我知道……您的要求都可以满足。房间是很干净的，非常干净。你们两个人住……邻居都很安静，不会说三道四……750元，可是空调是好的，而且水费已经付掉了三个月……张先生，您想一下，您不一定能找到更好的条件了……"

F

"昨晚他妈的喝得真醉，都是他妈的那个河北人灌的我，以后我不能和北方人喝酒。"老涅说，斜倚在床上，"他妈的胃疼。"

他微笑着，不说话。

再见帕里斯

"你来上海做什么呢？"老涅问，"老修呢？"

"在医院，陪他太太。"他说，"脱不开身，他太太娘家人又闹起来了。他要我来上海替他做点事情。"

"什么事？"老涅说，一边把烟按灭在烟灰缸中。

"找人。"

"什么人？"

"两个人，一个男孩儿一个女孩儿，都才二十来岁。"

"怎么回事？"

"我也不很知道，老修没说清楚，只说那一对男女一起躲在上海。他就是要找到他们俩，男的姓张，女的姓余。"

老涅半张着嘴，眼睛直直地盯了一会儿窗外。横斜的树枝上，一只灰色的春鸟披着阳光鸣啭着。似乎是想起了什么，老涅脸上漾出了心领神会的微笑。

"老修难道对那丫头？他不是早就……嘿嘿。"

他继续微笑，不说话。

"对了，昨晚那个女孩儿，跟你，你感觉怎么样？"

"女孩儿？"

"你小子装蒜呢，哈哈……那个，挺高的，娃娃脸的，跳舞跳得巨棒的女孩儿。你喜欢她不？我们唱完歌，一点人，嘿，就你和她不见了……哈哈，你们躲哪儿去了？偷着便宜没有？"

他发了一会儿呆。窗外的轨道，轻轨列车再度驰过。

"她……叫什么？"

"叫小悦吧。"老涅说，点一支新烟，"也才十七八岁，小孩儿，一直在外面玩的，跟我们都混熟了……那丫头听说刚被人甩了，你昨天占着什么便宜没？要不……"

"没，我问一下，问一下而已。我和她没什么。她说头晕，拉我一起出去，到天台坐了一会儿。"

"你们……"

"真没什么。"他严肃地说，正义凛然。假装的。

"不说不说……嘿嘿，不过呢，她昨天也是最后一次跟这儿玩了。这丫头说要出国，去日本还不知是哪里。不过没准儿，也许就是吹……你说老修该不会是喜欢那个谁，二十来岁的小女孩？他不是早就……嘿嘿。"

"去日本？"

"是啊。你说什么地方不好去，去个倭寇地方。赶明儿嫁一个日本老公……所以，要占便宜，就得乘早。比如她以前那个男朋友……听说那是一个地道的王八蛋……"

G

他和老涅并肩走在黄昏的马路边。

再见帕里斯

早春的黄昏，暗色匆匆坠落于晚霞之上。老涅在一个报亭边停住了。

"买份杂志。"老涅说。他伸手到背包夹层里，摸出三个硬币，放在了报亭的窗台上。

"来一份《全中文》杂志。"他说。

"你也看这个杂志？"

"看的。怎么了？你也看？"

"不是。"

"我说呢，这是上海本地发的一个杂志，只发一千册。不过，做得还是不错的。"

"一定很精彩。"他说。

在一个超市门口，老涅停下了脚步。

"去买点鸡蛋、水果和面包。你在外面等我，还是一起进去？"

"等你吧。"他说。

他提着老涅的背包站在门外。夕阳匆匆西沉，坠入西边嫣红的云海之中。他把不拿包的那只手插进了口袋里，他触到了一片光滑的东西。他把手抽了出来，看着指端——是那片碎玻璃。

他抬起手来，让玻璃横插到他的目光和夕阳之间的悠长距离之中。那倾斜的玻璃边缘，使夕阳宛如一个扭动蛮腰的少女一样，身材窈窕起来。柔和的光晕流动在玻璃的边缘，这个世界显得模糊、柔和、不真切，然而不乏优雅的诗意，启人情思。

他呆呆地抬着手，凝望着这玻璃之中的天空，玻璃之外的城。

H

"你叫什么？"

"小悦。"

"月亮的月？"

"喜悦的悦啊。"

"我们该回去了吧。"

"别，再坐一会儿，我怕闻烟味，包厢里全他妈是烟……对不起噢，说粗口了。"

"没有啦，你很可爱。"

"是吗？我男朋友刚认识我也这么说。"

"你有男朋友？"

"吹了。那个王八蛋，耍我。太无耻了。恨他。"

"噢。真那么可恶？"

"可恶死了……你坐过自动扶梯吗？"

"坐过啊。"

"跟你说噢。我曾经，和我男朋友，在下行的自动扶梯上，向上走。好有意思。很多人，商场的很多人，都围着我们，看。我

再见帕里斯

好爱他的。可是，那个王八蛋，那个小王八蛋，那个笑嘻嘻的小
王八蛋。哼。"

"噢。"

"你好像醉了。你不会喝酒啊？"

"不大会。"

"你真可爱……你怎么了？"

"有些头晕……你多大了？"

"我？我二十二了。"

"你好像很有经验的样子……刚才……"

"是噢，还好啦，你以前没跟人接吻过啊？"

"没有，呵呵，严格说起来，刚才是我的初吻呢……"

"哇，大男人还这么说。你真是太可爱了。那么，我再奖励你
一下好了……哎呀，要在以前，真想让你做我男朋友。"

"现在不行吗？"

"现在嘛，本小姐已经成熟了，长大了，二十二岁了，早厌烦
那些感情游戏了……你哪，做我的弟弟还差不多。不过我要有你
这弟弟啊，头发早都烦白了。"

2

失踪的丁香

他八成是和那个女孩子一起走的。
那个女孩子的眼睛是狐狸眼，
最能够勾引男孩子了。
他活该。
都上大学的人了，还这么天真。
他活该。
他现在最好是在大街上饿着。

时间：2005 年 2 月 6 日
私奔的那一天

A

后来谈到那一个悲惨的下午时，她说，为了纪念四十七岁生日过去了整整六个月，她那天完成工作后并没有直接回家。

她和几个生意场上的伙伴一起在黄昏时节聊天，并且观赏了2005 年这个城市所下的第一场雪。

她的伙伴们，包括一个辞去公职的前任警察，一个老牌汽车销售中介人，和一个电话接线员，一边吃她放在桌上的意大利产巧克力和从南美漂洋过海而来依然保持鲜活面貌的水果，一边对她的容貌观感与实际年龄表示了恰如其分的惊叹。

她后来辩解说，她很清楚地知道，这些恭维如同餐厅提供的辣子鸡中埋没于广大辣椒的几块鸡肉一样，仅仅是用来维持一些彼此心照不宣的场面话语。

她强调了自己的政治面貌和聪明才智——包括她历年的工作状况、她的政治觉悟和经济状况——比较不明智的是，她还以半炫耀的口气泄露了她的实际经济收入。

她为这最后一项的泄密付出了代价。

在走出警察局一周之后，几个来自郊区的亲戚孜孜不倦的电话和短信，迫使她更换了手机号码。

在更换手机号码之后，她给自己电话簿上的每一个人都发了短信，通知他们这一重要变更。

第一个回她短信的人是她的一个麻将桌上的朋友，短信全文

再见帕里斯

是："呵呵没有想到徐老板你除了杠上会玩花头连赚钱报数都不老实。"

如果不是她的丈夫阻止了她继续说胡话，警察局问案的同志也许会对这位女商人的经商内幕产生兴趣。

在喝完一杯水后，她继续回忆着那一天。

她说，在给住院的母亲打去了慰问电话之后，她是在比平时晚半小时左右开车回家的。

她开着蓝色帕杰罗——

为什么是蓝色？

因为，我儿子说，他喜欢这种蓝色。他将来如果出版小说，一定会是蓝色的封面。他房间里的墙都是蓝色的。

警察说，停。

继续说——

她去某个饭店买了几个现成的热菜，然后，为了警察已知的理由（纪念自己四十七岁整六个月）她去花店为自己买了一束紫色的丁香。她说她喜欢丁香那苦涩而迷离的香气。

自从她年少时在中学的花圃中首次见到这明丽的花朵，她就决定，不再去爱那布满斑斓花纹的蓝色地球仪、画满梅花般格子的习字本和五彩缤纷的蜡笔。

她还说，丁香的花瓣，柔软得犹如婴儿的嘴唇。自从她第一

次亲吻她的儿子——那还是21年前的某个夏天午后,她在医院的病床上,假护士之力,脸色苍白——之后,她就将她的儿子比做她的丁香。她要让她的儿子像她最爱的紫色丁香花一样,柔软、明丽而又高贵。

关于她对丁香花的热爱获得了她丈夫的肯定。

她丈夫说,那一天晚上,他因故晚回家——

(他特别补充说,所因之故并非下班后聚众打牌,而是因本市不良的交通状况导致的长时间塞车所致。至于某些他单位的同事向上级反映的,他热爱下班后聚众打官牌的恶习,纯粹是外企之中国内工作人员彼此勾心斗角的虚构产物。)

——在推开房门之时,第一眼看到的是,宛如电视肥皂剧常见的情节一般,散落在地的丁香花。

他的妻子呆立在桌前,手中死死捏着一张便条。那些紫色丁香花在地面散铺成孔雀开屏般美丽的图案,为这个情景提供了诡异的风度。

妻子在看到他脸的时候发出了撕心裂肺的尖叫。

该尖叫的分贝之高已由同样在警察局接受询问的居委会主任谢阿姨证实,后者在买菜归来途中路经楼下时听到如此高音嚎叫吓得扔下菜篮子抱头而逃,散落了一地的青菜、豆腐、鸡蛋和番茄。青菜和番茄经洗涤后可以继续食用,但是碎裂的鸡蛋和嫩豆腐则已无挽回之余地。

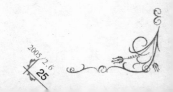

再见帕里斯

他在企图取下妻子手中的便条时，遭到了妻子歇斯底里的抵抗，妻子甚至用脚踢了他的膝盖。

在好容易抢下的被撕裂的便条上，他依稀看清了一句极富嘲噱意味的字句，他们亲生爱子的笔迹提示着他们：他们钟爱的惟一的儿子，已经远远离家出走。

他扔下了碎裂的便条，在其如死去蝴蝶般坠落地面之前，他拉着他的妻子——后者已完全瘫软，沉重得如一只装满水泥的麻袋——向门口行走。

他说，他第一时间意识到，他们必须去警察局，去居委会，去一切可以阻止他们儿子远行的社会组织。

他的妻子在他们临近大门时号啕大哭，增加了他拖着她前去报案的难度。

他们的紧迫度，可以根据他们在离家时，没来得及关门关灯的事实，予以证明。

荷叶区警察局的值班女警一边聆听以上报告，一边慢条斯理地游移着警察局新配备的液晶屏幕电脑的鼠标，不断更换着电脑桌面。在尝试了蓝色天空、金色落叶、黑色郁金香、白色雪林以及斑斓的蝴蝶翅膀等多种图样之后，受报案者所陈述细节的启发，她将桌面定为了紫色的丁香花。

她向这对气急败坏的夫妇探问了他们儿子的姓氏——

丈夫说：姓张。妻子说：姓张姓张，弓长张！

和年龄——

丈夫说：二十一周岁。妻子说：1983 年 7 月生的，到 7 月满二十二岁了。

并用一支蓝色水笔（因使用已久，故色彩深浓犹如夏日夜空一般）将这些资料一一记录在值班登记簿上。

妻子气急败坏地补充说，在看到便条的第一时间，她就给儿子发去了手机短信，并数次尝试拨打了儿子的手机。她的崩溃并非来自于便条的打击，而来自于手机彼端在忍耐了她数次拨打后悍然关机的举动。

值班女警用在警校中练就的、慢条斯理的语气安慰说：请你们不用着急，先回家去吧。我们遇到过很多这种情况，很多男孩儿出走，到了火车站一犹豫又回来了。我们有任何线索，会立刻通知你们的，你们留一下联系方式吧。

丈夫和妻子出门之前，值班女警接起了一个电话。

电话那头，梁溪区警察局的某值班女警，一边端详着男友赠送的、作为春节兼情人节新礼物的白银为带镶嵌钻石的新手表，一边漫不经心地用事务性口吻阅读着以下资料：

当晚八时，居住在梁溪区吉利小区的一对余姓夫妻，在结束为期约三个小时的年货购置工作（青鱼、巧克力、新鲜猪肉、蔬

菜、春联和红纸）归来后，发觉他们的女儿并未在家。

二人在房间里来往踱步，并持各自手机遍打亲朋好友及女儿日常过从甚密之人的电话。

此工作为期半个小时。

半个小时后，丈夫将手机砸在了地板上，扔在地上的NOKIA款新手机坚忍不拔地持续闪光，展示了欧洲高科技通讯工具制造业的优越性。

妻子则站在阳台上，悠长曼声呼唤女儿的名字，在夜色逐渐坠落的小区上空飘荡着这个因绝望而清澈平和的女声，令晚归的居民们毛骨悚然。

出于对所收纳物业费用负责的目的，小区物业及时地拨打了警察局的电话号码。

在警察局中，丈夫愤怒地驳斥了有关警察们对自己妻子有妄想型精神分裂症的愚蠢猜疑，并奋力用拳头敲打着桌子，警告所有的值班女警（共计三人），如果她们私自隐匿了他们女儿的下落，如果是她们劫持了他的女儿，如果是她们利用所佩武器谋杀了他的女儿，并毁尸灭迹，他一定会将警察局告上法庭。

在持续的高声呼喊后，他的嗓子已近嘶哑，以至于一个刚参加工作的女警急急忙忙跑出问讯室，在走廊里呼喊一个经常向自己献殷勤的男警，以求庇佑。

B

失去儿子的夫妻在步出警察局时，已经多少冷静了下来。

妻子尚未干涸的泪痕，在路灯微暗的灯光下，显得像两条铺在脸上的妆迹。

寒风吹拂着她通红的眼睛，促使她闭上眼睛，拉着丈夫的羽绒服袖子前行，好像一只依附于大树的浣熊。

阴寒森郁的南方冬天使这对夫妻不断瑟瑟颤抖。

丈夫沿着路边行走，执著地举着右手。他感觉到他的姿态像是第三帝国时期的阿道夫·希特勒，而那些载着客人的出租车，犹如纳粹党卫军一样浩浩荡荡地从他手下经过。

他们在已全黑的天幕下走着，路灯照亮着他们的左半边脸。

回家过年的工人们抽去了沿街商铺的灵魂。

这对夫妻步行在一条黑街之上，能够闻到还未关张的商店中柜员盒饭的香味，听到通宵经营的饭馆中，电视机在播放着新闻节目。南美洲阳光下的夏季街道旁，园圃中盛开的红色玫瑰花。

有一会儿，妻子在啜泣。

丈夫对她进行了劝慰，"没事的。"他说，"警察局不是白吃饭的，他们既然会去查，就一定能查到。"

从未与警察局打过交道的人生历程，使他对自己的言论完全信以为真，而妻子也被他的语调打动。

在随后的时间里，他们开始彼此编织明亮的未来，一如阳光

再见帕里斯

流动的丛林枝间，蜜蜂在构筑蜂巢。

妻子说："也许孩子只是在开一个善意的玩笑，也许他们回到家时，孩子已经在家里了。又或者，他跑到哪个亲戚家去，等父母找到时，他正起劲地玩着电脑游戏。"

一边说着，她开始笑了起来。丈夫在路灯微光下看到妻子泪痕下绽放的微笑，也开始变得乐观起来。

丈夫说："按照儿子冒冒失失的个性，他出门很可能忘了带钱，或是买错车票，只要公安干警的工作效率是和警察局墙上所贴的标语一致的话，儿子应当可以在两三天内被找到。这样，他不过是缺了两三天的课而已，不会有事的。就是怕被找到时，儿子已经是蓬头垢面，狼狈不堪了。"

由于丈夫的最后一个假设，妻子开始为儿子担心，她说："离过年还有两天了，这大过年的，到处兵荒马乱，儿子可别吃了什么亏。"

丈夫安慰她说："这个世界还是好人多的，孩子也大了，应该会照顾自己。"他依次轻拍着人行道上如标尺般整齐种植的树木，感慨地说："这些树刚种下的时候，他还只会读连环画呢。这一转眼，都知道离家出走了。"

"需要将此事通知孩子的外婆吗？"妻子怯生生地问丈夫。在事情发生之后，妻子显然已经失去了随机应变的能力。

丈夫在深思熟虑之后，对此提议予以否决，"妈的身体不好，

快过年了听到这消息对她没好处。"丈夫沉稳地说。他看到妻子点头之后，对自己的决定更感到信心，于是补充说："毕竟儿子不久就会回来，这种节外生枝的插曲，无须渲染得天下皆知。"

妻子在浴室旁的便利店前停下脚步，她提醒丈夫，他们都还没有吃晚饭。丈夫沉着地点头承认了这一点，他并没有打算告诉妻子他每天下班后会被三五同事拉着，一起出去小酌一番的事实。

妻子拉着他进了便利店。

妻子说："就吃一些方便面吧。"

听到这话时，丈夫正站在葡萄酒货架前，手提着一瓶干红，观看圆润的瓶身包装上，唯美的法文圆体字。丈夫想起儿子十一岁的时候，第一次陪他喝葡萄酒的状况。他在儿子的玻璃杯中倒入半杯水，而后拔开软木塞，让优雅细长的瓶口与杯缘温柔的接吻。嫣红的液体扑入透明的水中，随即氤氲弥散，柔情似水。隔着玻璃杯望去，儿子那张好奇的澄净脸儿和张大的明亮眼睛，也一时变成了淡红色。一分钟后，他转过头来，把鹅肝摆放在桌上时，儿子正放下喝空的玻璃杯。"你都喝了？"他问。儿子点头，用无辜的眼神凝望着他。

丈夫忽然之间颤抖了。

像阵雨洒落在山峦之上时，云的曲线那样微妙地颤抖——他的眼角难以自持地渗出了眼泪。他把葡萄酒放上货架，继而低下头来，右手撑在货架上。妻子提着内装两包方便面、一瓶橙汁、一

再见帕里斯

袋干面包的塑料袋，从另一侧货架走了过来。他的背部感到了妻子手掌感触的温暖。

"没事。"他说。

妻子默然不语地站在他身旁。

"结账吧。"他说。他从货架上抽回手来。

年轻的收银员娴熟地观看着货物的价格标签，修长的手指在电脑键盘上弹钢琴一样点动着。妻子手插在大衣口袋里，无所事事地看着自己的皮靴尖。收银员抬起头来，冷漠地看着他们俩，"81块。"他明察秋毫地说。

"81块？"妻子像被蝎子叮了一下的狗一样，几乎毛发直竖。"你开什么玩笑？你以为过年就可以乱开价吗？"妻子从塑料袋里把食品们往外扯着，"方便面，橙汁，面包，最多10块。81块？你开玩笑？"妻子歇斯底里地说，"不要把我们当白痴。你想骗我们？你以为你能骗得了我们吗？"

收银员冷静地看着妻子那涨红的脸，"那里，"他说，"少了一瓶干红，原价88元，现在打八折销售所以是70.4元。橙汁5元，方便面每包1.8元，面包2元，合计81元。"他轻敲了一下键盘，转过电脑屏幕来给妻子看，"葡萄酒嘛，应该是您先生拿的。"他冷冷地补充了一句。

妻子看丈夫的脸。

面面相觑了几秒钟后，丈夫开始盯着收银员。他解开大衣扣子，抖了两下，"你说我拿了葡萄酒，哪儿呢？"他问，"哪儿呢？"

收银员的脸泛了一下红。

丈夫拿起塑料袋，拉着妻子朝门口走去。

收银员从柜台里追了出来，"先生，请您付款。"他坚持固执地说。

丈夫毫不理会，大步迈出便利店门。

收银员扯住了丈夫的袖子。

丈夫愤怒地回过身来，"撒手！"他说。

收银员摇头。

一秒钟之后，收银员的眼前闪过了冬夜的星空和便利店门上挂的大红新年条幅。他听到自己的背部着地的声音，再然后，疼痛才开始追袭他的鼻子。他的嘴唇能感觉到黏濡腥甜的液体，鼻子好像不存在了，就像他幼年的时候，被人从手里夺去了棒棒糖，又加上一脚之后，躺在河滩的感觉。

C

丈夫坐在了妻子几小时前坐过的位置上，面对着问讯的值班女警。

"又是你们。"女警点了点头。低下眉来，开始问话。

再见帕里斯

年轻英俊的收银员在隔壁，用一块白色手帕捂着鼻子，手帕上点点嫣红，犹如海棠花瓣洒落在梨花树间。他用含混不清的音调叙述着事情的过程，而击碎他鼻梁骨的那个男人则拒绝回答任何问话，他靠在椅背上，把一支烟叼上了嘴，伸手掏打火机。

"警察局不能吸烟。"女警提醒他。

丈夫把烟拿下来，夹在了耳边。双手插进大衣口袋里，冷冷地看着女警。

妻子在门外站着，忐忑不安。她尝试着对每个从走廊经过的面无表情的警察谄媚地微笑。她的嘴唇发干，橙汁已作为证据被没收，无法解燃眉之急。她看到了角落里的一台饮水机，然而，几次试图鼓起勇气，都没有成功。

年轻的收银员从房间里出来的时候，还捂着鼻子。

妻子远远地和他对望一眼，然后讨好般地微笑了一下。

一个花枝招展个子不高的女孩尖叫着从走廊里跑过来，投入到收银员的怀里。

"亲爱的亲爱的亲爱的，你的鼻子还疼吗？"她小心翼翼地抬手，试图触碰那方手帕。

"别动！"收银员瓮声瓮气地说。

女孩畏缩地收起手来，讪笑着。

"你们可以走了。"收银员身后的房间里走出来的警察严肃地说。

"有没有搞错？"女孩愤怒地喊道："还没有处理结果，我们怎么能走呢？"

高大的警察俯视着这个女孩，好像一只羚羊在审视一只沙狐。

"有结果了我们会再叫你们来的，"他说，"事实证明，那个男人没有拿葡萄酒，有同志在现场发现了，那个男人只是把葡萄酒放错了货架。"

"打人总不能白打呀！"女孩儿持续地高喊。

"是不能白打，医疗费用什么的当然得结算的。你们是愿意在这里等呢，还是回家等？"警察说。

"回家？我和他不住在一起呀！"女孩说。

警察无奈地嘘了口气，"这不归我们管。"他平静地说："你们是什么关系，跟这个案子没关系。"

收银员手按着鼻子大步往外走去，经过妻子身旁的时候，他抬头盯了妻子一眼。女孩也效仿此举，并对妻子嗤之以鼻：缺德！

5分钟后，走廊又复归平静。

妻子安静地低头站立，像雨中的树。

高大的警察靠在门框上，抱着双臂，看着问讯室的门。

墙上挂的猫头鹰挂钟，滴答滴答地凿刻着时间。

"我丈夫大概什么时候出来呢？"妻子怯生生地问道。

再见帕里斯

"不知道。"警察说，"应该不至于这么久，也就是问几个问题而已。罚点款吧，大过年的，谁愿意这么干耗着？"

问讯室的门开了一条缝。

女警阴沉的脸探了出来，"你来一下。"她说。

高大警察的耳朵贴近了她的嘴。

二人擦身而过的时刻，女警轻轻说了一句话。高大的警察点了点头，闪进了问讯室。走廊里只留下了妻子，她努力地竖起耳朵，企图听到问讯室里面的声音。应当有拍桌子声，吵架声，这些符合电视剧中问案过程的花絮，足以让她感到放心，然而，问讯室的门关住了一片空洞的沉默。

她一无是处。

猫头鹰的腹部，时针不断趋近 12 这个数字。

新一天即将到来，她想。又一天了，年二十九，儿子没了，丈夫在问讯室里，啊，儿子。一切又开始紊乱起来了。大过年的，她想。她仇恨地看着时钟，别走得太快，又过了一天，又过了一天，没有儿子的新年。她忽然就开始仇恨起那个收银员，仇恨起丁香花，仇恨这一天。奇怪的一天，一切来得太快。

她想起了 12 年前，新年前两天。

她把儿子放在市第三针织厂厂长办公室门外的长椅上，给了

第2章
失踪的丁香

他一本连环画《丁丁历险记》。

她推开了办公室大门，看到了厂长的办公桌上立着一台乳白色的取暖器。厂长叼着乡镇企业产的廉价香烟，一边搓着手，一边看报纸上关于纺织业染色科技突破的文章。厂长嘴边香烟上那凝结的摇摇欲坠的长段烟灰令她感到恶心。

她不声不响地把一份停薪留职的申请放在了桌上，她刻意用手指点了一下申请书的表面，那个时代并不多见的打印稿。

厂长从报纸上方抬起眼来。

接下来的半小时，办公室中袅袅的香烟之上，沉浮了你一言我一语的挽留、威胁、陈述、祈求等等话语。

儿子将连环画翻到倒数第十四页的时候，她走出门来，让门在身后留下了铿锵有力的拍击声。她拉起儿子，满心豪情的，像电影中的英雄儿女一样，大步走出了肮脏颓败的第三针织厂大楼。

她清楚地记得，那时她满心充满了对未来的憧憬。

12年后，历任过某企业制衣主管，某外企人事主管，汽车销售商，汽车中介商等职业的她，又仿佛跌回到了那肮脏颓败的处境，那阴暗潮湿的、充斥着缝纫机操作的嗡嗡声的、让她感觉到自身卑微的纺织车间。

她又一次掏出了手机，拨打儿子的电话号码。

手机彼端传来一个女人流利的中文和英文，干巴巴的犹如一

再见帕里斯

次性饭盒的材质。

她把手机挂断，关上手机。

一声轻唤把她追回了现实。

"这不是徐经理吗？"她听见一个女人的声音，她抬起头来，看到一对夫妇正站在她面前。她辨认了好久，认出了对面的女人。"余先生，余太太，"她笑着说，"你们好。"

"徐经理你怎么半夜还在警察局呢？"何太太问，"你家老张呢？"

D

丈夫仰起头来，冷冷地望着对面的人。高大的警察和值班女警无可奈何地彼此望望，又将目光转向他。

"你这样做对你我都没有好处，"高大的警察说，"我们也冷。快过年了，我们也想回家去，陪着老婆孩子，吃点夜宵，早点睡觉。看春节晚会，走亲戚。这个时候谁被问案子，都不舒服。可是，你这样耗着，我们只能陪你等下去，大家都过不了消停年，你为什么就是不肯配合呢？"

"我的儿子呢？"丈夫问。

"你儿子的事我们已经在查了。"值班女警说。

"为什么你们查我儿子的事查不到，查我的事倒这么积极？"

丈夫问。

高大的警察咳嗽了一声，他伸手到口袋里掏烟，女警伸手制止了他。

高大的警察烦躁地走了两步，"我们了解你的情绪。你儿子的事，我们也很遗憾。可是，你的案子和他的事毕竟是两码事。本来挺简单的事，问完话，你就可以走了。你这样算是干什么呢？"

"我儿子的事怎么就不能这么快完事？"丈夫说，"都这么长时间了，他怎么还没有被找回来？"

高大的警察听到了敲门声，他刚转动了门的把手，门就被推开了。妻子的脸冲了进来，她瞪大双眼，嘴唇发抖。

"老公！"她喊道，"你还记得余先生吗？那个苏州人。他老婆是银行工作的，我们在儿子高中家长会上认识的，她女儿是我们儿子的高中同学，后来他们还问我们买过一辆帕萨特的，我们一起在王阿姨家打过麻将的。你记得吗？"

"我们正在问案！"值班女警虚弱无力的声音底气不足。

"怎么了？"丈夫问。

"他们也在警察局！他们的女儿也出走了！那个小余姑娘，那个戴眼镜的，身材瘦瘦高高的那个女孩子！就今天！她和我们儿子是高中同学呀！"

"他们现在哪里？"

高大的警察眼看着丈夫跳了起来，眼看着他神色大变，太阳

再见帕里斯

穴上跳动的青筋。他竭力在脑海里思索着一句合适的话，他花了好几秒钟，直到丈夫拉着妻子的手准备出门时，他才喊道："对不起，太太！我们正在问案！"

E

"您好，您找哪位？是是，我是姓吴，我是一高中的化学老师，是的。啊，警察局？我……什么，那两个孩子吗？是是，去年，前年，是在我教的毕业班上。他们俩是2002年夏天毕业的了。男孩很聪明，文科很好，可是化学就很不好，他老是把明矾写成绿矾，绿矾是蓝色的嘛。他还老是把乙醇和醋酸的化学式写颠倒了，我每次用红笔给他勾出来他都改不了。他上课还爱看闲书。女孩倒是很好的，她理科成绩好，当过数学课代表。他们两个人好像走得是蛮近的。女孩子蛮漂亮，戴眼镜的，瘦瘦的，爱生病。男孩子高高大大的……还有什么？高三的时候，副班长跟我说，说那男孩在谈恋爱。我还叫了他谈话，说高三，毕业班，高考是最重要的，有时间要想志愿怎么填，要多做题，要多背一下化学周期表，学生以学为主，怎么可以老想着什么男男女女的……是和谁谈？不大知道……他们两个？他们在高中里没什么迹象呀……后来？后来男孩子考去了上海，女孩子考去了南京。女孩子寒假暑假会回来看我，男孩子倒只回来过一次，我知道他对我有意见，难

免的嘛，好老师就得让男孩子怕。他们都还算是好学生。女孩子学习很认真，成绩也好。男孩子很聪明，理科成绩，尤其是化学成绩不好，可是文科好，而且不惹事，操行等第都是优。女孩子一直是三好生。他们还得过学校奖学金……还有什么？也就这些了……他们怎么了？什么事呢？他们出事了吗？噢，没有……没什么麻烦的。谢谢您，哦不是，麻烦您了。没什么，再见。

F

丈夫再度推开家门的时候，已是 2 月 7 日的凌晨时分。

他开了日光灯。

他和他的妻子先后换下皮鞋，换上了绒布狗造型的棉拖鞋。

丈夫看到了木地板上散落的紫色丁香，有几朵的花瓣已经卷起，显示出死亡的前兆。有几朵的花瓣零散在枝干的周围，已经失去了生命，只余下黯淡的色彩和单薄的香气。

妻子颓然坐倒在客厅的沙发上。

窗外夜行的汽车声，给这个寂静的场景添设了必备的生机。

妻子拿起手机，再次拨打了儿子的电话。

她抬起眼来，看到丈夫背对着她直直地站着。

她感觉到有压力。

她垂下眼来。

再见帕里斯

对面依然是关机。

她又拨了一个号码，是医院。

先是护士的接话，随即换上她的父亲。又一会儿，她的母亲颤巍巍的声音出现在彼端。

"喂，妈，你好吗？没什么，就是，问一下你。天气冷了，你好好的，我明天买乳鸽子炖汤给你送来。后天早上咱们出院，吃年夜饭，不能在医院里过年，不吉利……没事的，家里挺好……儿子呀，他，他挺好……我知道了，你休息吧，多喝些水。盖被子的时候别闷着，别得感冒了。"

妻子将电话摁掉，将后脑勺搁在沙发靠垫上。

丈夫走进厨房，用饮水机取了一杯热水，加了一勺砂糖。

他将杯子凑到妻子干裂的嘴唇边，妻子伸出双手握住了杯子。

丈夫坐了下来，端详着满地的丁香。拖鞋犹如小狗一样趴在他面前的地板上，丈夫试着让拖鞋底擦了一下地，沙沙的声音，犹如纸摩擦纸。

妻子把空杯子放在了沙发扶手上，她的喉咙轻微地抖动。

她从大衣口袋里，掏出一张揉皱的纸，儿子顽皮的字迹跃然纸上。

"打扫一下吧。"丈夫说。

妻子没有回应。她低下头来，端详着这一行字。

丈夫站起身来，他从墙角取过蓝柄的扫帚，扫帚接触木地板地面时的声音，和拖鞋底摩擦地板的声音听来很相似。日光灯照耀之下，扫帚在地面的影子好像一棵硕大的芭蕉。丈夫用扫帚扫着地上的丁香，那些排布得俨然有油画风姿的丁香花，被灰色的扫帚归拢为一堆，像灰烬一样无力。

丈夫细致无情地将一片片花瓣都扫向了同一个方向，所有的花束，错杂而纷乱的堆积，好像战场上无人认领的尸首。

"别扫了。"妻子说。

丈夫没有回答。他的扫帚稳定有力地刮擦着地面，花瓣们不断变灰，柔弱的枝干抵受不住强硬的打扫，正不断断裂。

妻子再度说："别扫了。"

丈夫手撑着扫帚站直了身体，"为什么？"他问。

"我想看看它们。"妻子说，"它们多可怜啊。"

"可怜？"丈夫问。

"儿子就像它们一样，扔出去了，碎了一地，被人拖来扫去的。儿子这个时候在干什么呢？"

"警察局会找到他们的，"丈夫说，"有线索了嘛。"

"可是，找到的时候，儿子都不知道怎么样了，也许他已经破衣烂衫，也许他已经一文不名了。他都没吃过苦头，你让他怎么办哟。"

再见帕里斯

"他活该。"丈夫说,"他自找的。大过年的,他自己要走,他八成是和那个女孩子一起走的。那个女孩子,我在开家长会时就看到了,他们站在走廊里说话,那个女孩子的眼睛是狐狸眼,最能够勾引男孩子了。他活该。都上大学的人了,还这么天真。他活该。他现在最好是在大街上饿着。"

"你太过分了,"妻子说,"那是儿子,我们的儿子。他比别的男孩子聪明,功课也好。他读重点高中,没让我们掏赞助费。他现在在上大学,将来毕业了一定会有前途。他只是受不了管,他耍孩子性子。"

"他活该。"丈夫说,"他活该。都是你们这些人害了他。你那些同事,你那些亲戚,每天夸他,夸坏了他。他有什么前途?他什么都不会做,他到社会上一定会饿死,还不如现在就饿死。他活该。"

"你太过分了!"妻子的声音变得很尖锐,"你还不是懒?你还不是一回家就看报纸不干活?你还不是在房间里抽烟?你还不是总晚回家,直接吃我烧的现成饭?你还不是周末要去打牌打通宵?儿子至少不抽烟,不会跟你一样到处玩。"

"你还好了?"丈夫把扫帚扔到了墙角,"你买那么多衣服,都塞满了衣柜。儿子初中时买的衣服,现在商标都没拆。你下雨天都拖地,弄得地板干不了。你打牌不疯?老是输还牌瘾最大。"

妻子不说话了。

第 2 章
失踪的丁香

两个人彼此沉默。

几分钟后，房间里响起了妻子的抽泣声。

丈夫站直着。他感到自己胜利了，然而这胜利过于空幻，毫无意义。

他看着窗外，冬夜星辰之上，依稀有一层美丽的面纱。

黑蓝色的夜空，沉静着的美丽。

他看到玻璃窗上映出的自己的表情，居然有几分狰狞。

他微微吃了一惊。

过了很久，妻子的抽泣声开始变成不断的吸气声。

似乎是为了打破沉默，她再度开口，怯生生地："我们再打一次他的手机好不好？"

"打什么呢？"丈夫冷冷地说，"他如果愿意接早就接了，让他走吧，翅膀硬了，他愿意出去吃苦头，就让他吃点苦头再回来好了。"

妻子急切地补充道："天气这么冷，我都冷起来了，儿子会冷的，他没有带羽绒服走。再说，大过年的，他去哪里？外地工人乘车回家了，到处都乱着，儿子怎么办？儿子带钱了吗？如果和那个小女孩在一起，他们住哪里？他们干什么不都危险吗？他们吃什么呢？"

丈夫站得直直的。

他看着玻璃窗上映的透明的自己。

再见帕里斯

　　这高大的形象让他自己颇为满意。

　　作为这个形象的补足，他思考了一会儿，然后他想起了马尔克斯小说里的对白。作为对妻子疑问的回答，他脱口而出："吃狗屎。"

3

相遇

"干吗要替我挡那些拳头？"
"因为我已经爱上你了。"
我说，"多年前沉睡的爱情被召唤醒了。"
"你对小胡也会这么说吗？"
"什么？"
"没什么。当我没说。你还要水吗？"

时间：2005 年 1 月 26 日
我爱上余思若的那一天

A

敲门声第一次响起时，方正的石英钟面，时针正指向 3。

我正坐在床尾，将额头枕在白色塑料窗台上，听到那吹乱阳光的风在拂过窗棂时，带起的一片风铃声响。

敲门人在第一次敲了三声后顿了一顿。在第二次的敲击仅仅进行了两下后，门被打开，我看到了身穿黑色外套的女孩。

"好。"我说。

她微笑了一下，粉红色高跟鞋那纤细欲折的鞋跟轻轻刺上木地板，"要换拖鞋吗？"她问。

我为她搬来了房间里仅有的一张凳子，接过她手中的提包放在茶几上，陈列其旁的是一字排开的咖啡壶、雷诺阿画册、蜂蜜罐、绿色水杯、乳白色小猪造型塑料杯、砂糖包、咖啡罐及戴维斯唱片。她已脱下了高跟鞋，提在右手上，上有小熊维尼图案的蓝色袜子直接踩在地板上。

"拖鞋呢？"她问。

"穿着鞋子好了，"我说，"一进门就脱鞋是倭寇的惯例。"

"没有拖鞋吗？"她说，"走路走得脚疼死啦。你电话里都没把地址说清楚。"

我从床侧拿过一对黑白斑斓花纹的棉绒拖鞋，放在她脚边。冷眼一看，犹如一对斑点狗躺在地板上。她将脚伸进了拖鞋，站

再见帕里斯

了起来，走了两步。

"好有意思的拖鞋啊！"她雀跃道，"大大的暖暖的。什么时候买的呀？"

"2004年12月5日。"我说。

"谁给你买的呀？"

"你。"我说。

女孩的笑眼横瞥了我一眼，她拖着斑点狗一样的拖鞋，走到我面前，伸出手来，轻轻在我鼻子上刮了一下。

"算你有良心。"她说。

"喜欢什么颜色的杯子？"我问。

"蓝的，那个那个，我手指指着的那个，就要那个。"

我为她冲了一杯速溶牛奶，端着蓝杯子从厨房归来时，我看到她正坐在凳子上，咀嚼着我买来做点心的蛋卷。香脆的蛋卷在她牙齿间发出喀嚓喀嚓的碎裂声，不断有淡黄色的碎屑落向地板，犹如尘埃。我拿过废纸篓，放在凳子前，女孩觉察不妥似的用左手虚托在下巴处。

"我一会儿帮你拖地呀。"她说。

"不用，"我说，"一会儿扫一下就是了。"

女孩端过蓝色的杯子，开始喝牛奶。

她的眼睛抬起来，端详着窗。

窗外是 2005 年 1 月 26 日的午后天空。

江南冬季的阳光，带着菲薄的温暖，朝西方渐次倾斜，落在院墙和木犀植物的厚绿色叶上，将稀疏的树枝影子拍在了灰白色的住宅楼表面。一片片云像孤单的鲟鱼一样彼此分开，除却相当于鱼腹部位的一片灰色外，呈现晶莹的洁白。院墙的顶端，无数片碎落的玻璃片散乱堆砌着，将阳光朝向不同的角度漫反射，以至于室内的天花板上，都有着形状锋锐的阳光倒影。

女孩畏缩了一下，两只手掌环握着蓝色的杯子。

"为什么这么冷还开着窗？"

"空气流通嘛。"我说，"你冷吗？"

"是的。"

我走到床尾，将窗户拉上。我眷恋地看着最后的冬季风景，耳边随即听到软绵绵的踏地声。

一对手臂轻轻地从背后揽住了我的腰，我犹豫了一下，没有拉窗帘。

"有东西给你。"我说。

女孩懒洋洋地坐在椅子上，像只刚洗完澡的小猫一样东张西望。我从床底下拖出旅游箱，在女孩的面前打开，从中取出一挂项链，暗色斑驳，造型古朴，我将之递给女孩。

再见帕里斯

"喜欢不？"

"喜欢！好漂亮的呀。"

"犀角制的。我知道你一定会喜欢。"

女孩将项链围在了脖子上，坐到了床上："我戴着漂亮不漂亮？"

"漂亮。"我说。我走到她身旁，坐下来。

女孩把头靠在我肩上，轻轻吹着我的耳朵。"想我没？"她低声问。

"想了。"我迟疑了一下，说。"日思夜想。"我补了一句。

女孩儿笑了。落在她鼻翼之侧的阳光，将她柔嫩的肌肤照成了一张剪裁精美的纸版模样，耳垂边的发丝在阳光中掩映生辉。她将嘴唇靠近我的鼻子。

我下意识地回头。

从窗口望出去，对面楼房的阳台上，穿白汗衫的中年人正在手持水壶浇花。女孩从我的肩头循着我的视线望去，明白了我的心思。女孩跳了起来，走到窗口，伸手将窗帘拉上，失去了光源的室内忽然之间呈现出近乎暮色的昏暗。

我感到女孩的唇偎依到了他的额，随即落在了他的唇上。

"说，你想我没？"女孩在他耳边悄然说道。

　　我在黑暗中找到了她的肩，我的双手在她肩后汇合。她顺从地俯低身体，让我拥她入怀。我轻轻地吻了她的嘴唇。

　　"牛奶味。"我说。随即，我听到了她轻轻的笑声。

　　我倚在床尾，将窗帘拉开了一点儿，女孩儿坐在我身旁，膝盖上垫着一张纸，聚精会神地吃蛋卷。蛋卷碎裂的声音清脆悦耳，启人食欲。

　　"搬到这里多久了才告诉我？"她似笑非笑地说。

　　"昨天。"我说，"一个人搬的，蚂蚁一样累。"

　　"没有女孩儿帮你？"

　　"你不让嘛。"

　　"靠，说得我好像《河东狮吼》里的女主角一样。"

　　"柳月娥。"

　　"知道你读过书，别老是在我面前卖弄。"

　　"我还得提醒你，"我说，"女孩子少说靠。知道靠是什么意思吗？"

　　女孩儿吃罢蛋卷，将双手互相拍一下，她将蛋卷的碎屑（阳光下望去，好像托斯卡纳附近海岛上暗藏的金沙）在纸上聚拢，而后撕下半张纸来，轻轻地擦手和嘴角的牛奶渍，"好吃。"她说。

　　"如果想吃，还有金橘。"我说。

　　"不用了，"她说，"会胖的。"

再见帕里斯

"你个子高，胖了也不显。"

女孩儿——173公分，年轻美丽的女孩儿——骄傲地伸了一下自己的小腿，"我比她高，是吧？"

我知道她的目光正注视着我的反应，看似漫不经心的语调。我指了一下对面的房屋，"快要开始施工了。"我说，"搬到这里，相当不是时候。"

"施工怎么了？"

"会很吵。"我说，"白天黑夜，轰隆，轰隆，轰隆，轰隆。"

"哎，你还没回答我呢，我是不是比她高呢？"

"你是比她高。她才167公分，而且可能实际上只有165公分。"

"我皮肤也比她白吧？"

"她经常游泳，被晒成那样的。"

"我眼睛比她大？"

"你眼睛本来就比一般人大。"

"那我比她漂亮吧？"

"是，你比她漂亮。"

"而且，"女孩儿用手指轻轻碰触着我的鼻子，"我对你好，她呢？她把你甩掉了。"

"甩掉了。"我机械地重复。

"还是我好吧？"

"是你好。"我说。

第 *3* 章

相遇

"有音乐吗？"女孩儿将蛋卷碎屑、撕裂的纸都扔进了废纸篓后，重新坐回床上。我指了指桌子上搁着的笔记本电脑，回过头看窗外。三分钟后，我耳边响起了德沃夏克。

"就这个？"她的声音。

"还有其他的。"我说。

德沃夏克戛然而止，换上比约克冷厉的节奏。刚虚张声势了一刻，BEATLES 又粉墨登场。接下来是拉赫马尼诺夫、戴维斯，以至于古筝曲《欸乃》。音乐碎片摇摆一阵之后，她的声音再度响起。

"你电脑里就存了这么多？那么少的曲子，还都不好听。"

"是。如果都不喜欢，柜子里还有 CD。"

她的手指轻轻扣击着桌子。我将被单上残留的蛋卷碎片拂去。阳光西斜。我听到她拉开柜子的声音。

"这盒摇滚不错，"她说，"麦克白乐队的。"

"随你喜欢就好。"

她俨然已经听到曲子节奏般摇摆着头，使长发翩然起舞，映在墙上的影子俨然一棵柳树。她走回桌前，开盒子取唱片，预备插入电脑。我将头靠上床尾栏杆，闭上眼睛等待麦克白乐队激荡不已的旋律。时间过去一分钟，没有动静。我抬头看窗户玻璃映

55

再见帕里斯

出的样子，她的影子悄然立在桌旁。

"怎么了？"我问。

她歪着头看 CD 的内盒。良久，一个字一个字地读道："亲爱的，希望你会喜欢。情人节快乐。你的兔兔。2004 年 2 月 14 日。"

我转过头来，正迎上女孩受伤的目光，好像速冻的金枪鱼罐头中金枪鱼仇恨的眼神。她双手持着唱片盒，冷冷地侧首望我。她的嘴唇微微发抖，眼角的斜度不免过于锐利。我直起身子来。

"是她送你的？"

"是的，快一年了。"

"你还留着。这是她的。"

"是的。"

"那些唱片也都是她送的对不对？"

"不全是。"

"你不是说会把关于她的东西都扔掉吗？你不是说你早已经忘掉她了吗？"

"本来忘记了，被你刚才一提又想起来了。所以，别提啦。"

她对于我企图缓和气氛的努力不屑一顾。

她伸长胳膊，从茶几上取了她的提包。

她将拖鞋踢到了屋子角落里，伸手去取高跟鞋。

我跳下床来，伸手拉她的胳膊，遭到了她的顽强抵抗，像是

印第安孩子在摆脱美国警察的镣铐。

我伸出手来搂住她的脖子。她取到了高跟鞋，用极快的速度（亦可描述为手忙脚乱的）企图穿上。

我伸手去拉她的手。她的手如猫爪一般阴狠而凶险，朝我的手上又掐又推，好像美人鱼企图逃脱八爪鱼的纠缠。

她始终一言不发。我能够听到的是她的呼吸越来越急。

她蹙着眉头，一遍遍徒劳无功地推搡我的手。

"别闹了！"我大喝一声。空荡荡的房间里印了一层回声，使这一嗓子显得极富力量。

她停止了挣扎。她低下头来，让长发披在面前，她将脸靠在我的手背上。随即，我听到了呜咽的声音，手背上开始感觉到热，是眼泪吧。

"别闹了，乖。"我说，"都会好的，只要时间过去。"我无意识地重复自己劝慰人时的口头禅。

女孩儿并没有立刻回应。她低声的啜泣，将我的手背当作了调色盘。我直直地站着，任她握着我的手，脊背偶尔耸动。这么站着，忽而感觉到时间的概念渐次远去。如果不是石英钟的时针正缓慢向 4 游走，我不会感觉到时光正在我身上流逝。

她哭了大约五分钟，抬起头来，用力吸了一下鼻子。然后，扁了一下嘴，笑了一笑，又吸了一下鼻子。

再见帕里斯

"不哭了，小悦？"

"不哭了……"她说，"眼睛疼，难受。"她伸手揉眼睛，"对了，你今年第一次叫我名字。"

"是吗？"

"是的，上一次叫还是圣诞节那天呢，去年的。你都不喜欢叫我的名字。"

"去年圣诞节？很冷的一天。"

"是啊是啊，我们去吴江路吃了小吃，然后呢，我们还去那个商场玩电子游戏……你输给我十四盘，嘻嘻。"

"是十四盘吗？"我从她手中抽回手腕，坐了下来。她从提包里抽纸巾，开始擦眼睛。

"没错儿，我记得牢牢的。那时我们上商场二楼时，你非要拉着我，沿向下的自动扶梯，往上走。我陪着你傻走了五分钟原地踏步，把整个商场的人都引来看了，脸都丢尽了。"

"是吗？"

"我的高跟鞋都差点卷掉……"

我悄无声息地转头看一眼石英钟，时针已经迈过了 4。小悦擦干了眼泪，从眼睛到脸颊一片红红的。

"你以后不能欺负我了。"刚说了一句，她就顿住话语，她的提包中响起了优美的《好一朵茉莉花》的旋律，"等一下！"她说，

"短信。"

我看着石英钟面的分针又走过了两圈。我听到她说:"一群王八蛋。"

"怎么了?"我问。

"胖子和老涅他们说在附近,迷路了,让我过去接他们。本来跟他们约了晚上喝酒唱歌的,这下午就憋不住了。"

"有事那就先走吧。"我说,"你那些哥们儿要紧。"

"你赶我呀?你要给她打电话呀?当着我的面打呀。"

"没有。"我摆出微笑,"你反正认识这里了,随时可以来的。你那些哥们挺有意思。"

"一群笨男人。"小悦拿着提包站起身来,"那我先去一下。明天还是后天过来看你呢?"

"你喜欢就好了。"我说,"代我向你那些哥们儿问好。"

我把小悦送到了门口,小悦将手按在门把手上,若有所思地回头看了我一眼。

"你好像挺愿意我走的呀?是不是呀?"

"你有事情嘛。"

"我不走了呢?"

"君子一言驷马难追,你说了就得走。"

"真让我走?"

再见帕里斯

"对的。一会儿还有无数美女排着队上门来看我新居，不能让你一个人占那么久的便宜。"

女孩儿微笑了。她伸出手来，拍了一下我的头，"你就不怕我一吃醋就留下来了？"

"那不行。你留下来说明你吃醋了，你吃醋了说明你对自己没信心了。你那么高那么美而且还活泼可爱，应该对自己有信心。"

"我走了，你有什么话说没？"

"有，以后别穿高跟鞋。你本来就不比我矮多少，一穿高跟鞋都快跟我齐了。男尊女卑不能违反。"

"怎么我要走了你话那么多？那么得意吗？真有人来看你？"

"你认为呢？"

"对了，"她面向我，"我的脸还有哭的痕迹没？"

"眼睛红得和兔子一样。"

"我讨厌，"她一字一顿地说，"兔子这个词。"

"好。"我说，伸手替她揉了揉眼睛。

她笑了。

我把门关上，听到小悦的高跟鞋蹬蹬之声远去。薄暮的夕光正从窗口泻落，窗帘摇摆的姿态优雅动人，花边低垂。我听到意味着手机短信的明亮铃声，我拿起手机，"两条新信息"。按。第一条全文如下："我到了。是七排树边那幢楼的103房间吗？"

"是。"我答。

接下来是小悦的短信："刚走出来就想你啦，嘻嘻。刚才看到一个穿黑色线衫戴眼镜的女孩子走过去，好漂亮呀。难道那就是来看你的美女？嘻嘻。"

"不是。"我答。

分针在石英钟面上爬过六圈半后，我听到了敲门声，以及谨慎的带有试探意味的咳嗽声。我走过去拉开门。隔着金丝眼镜，一双明亮的眼睛正注视着我。

B

"迟到了，对不起。"穿黑色线衫戴金丝眼镜，胸前挂着一个精美挂坠的女孩对我说道。

"没有，刚好啊，准时得像一个高级外卖员。"我说。

"可以进去吗？"她指了一下被我横着的门口，"还是里面有朋友在？"

"没有。"我说，"对不起，有些糊涂了。我刚见到美女都这个样子。"

"你真是一丁点都没有变，"她说，随手将提包（女孩儿的百宝囊）放在茶几上，"耍嘴皮子。"

再见帕里斯

"第一次见面就这么说吗？"我拿起蓝色的杯子，将余下的牛奶倒进水池，乳白色的液体盘旋着消失。我开水龙头洗杯子，"要喝什么吗？"

"张先生，"她说，"我们不是第一次见面了。确切地说，这是我们第一千次见面都还不止。"

"可是看到你这个样子，还是第一次吧……要喝点什么吗？"

"水吧。如果有的话。"

我把水杯放在茶几上，她弯腰去拿。我为她端来凳子。

"你只有这么一张凳子？"

"很惭愧，家徒四壁了。"

"那算了，不知道这里坐过你多少狐朋狗友了，再说我坐着你站着，对你不尊敬。"

"说起来，"我说，"三年没有见到你了吧。白驹过隙呀，都老了。"

"到夏天满三年。"她说，"高三毕业之后就没再见过，你该快二十二岁了。老？"

"你的样子变了很多。"

"哦？怎么变了呢？"

"简单来说，如果高中时我看到班里有你这样一个绝代佳人，我大概不至于无动于衷。"

她冷笑了一声。

"好，我明白你的态度了。"我说，"你不坐的话，我也只好站着。"

"站着咯。"她毫不留情地说。

"那么，"我说，"是她让你来的啦？"

"也只能是她了。你该清楚，你也没那么大吸引力让我主动跑过来找你吧。"她眯起眼睛，"高中时吃你苦头还不够多？"

"这个问题必须交代清楚，"我说，"我高中时虽然没来得及给你送玫瑰，可是也没有怎么得罪你。"

"哪一次你都晚交数学作业。哪一次我抱着本子往办公室走，你都扑上来把刚补好的一本扔在我手里。吴老师居然还要我给你补数学。就补了两次，还搞得我男朋友生气。"

"其实，"我说，"我那是为了吸引你的注意罢了，只能怪你总对我冷若冰霜。至于您那可爱的男朋友，那个天启皇帝的转世，热中于木匠活以至于四肢都跟树枝一样粗细的男人，不是高考前就和你分手了吗？"

她又冷笑了一声，把空了的水杯放在桌上。

"别跑题。"她说，"你那套发散性思维扯淡可以用来骗小胡三年半，可是，对我，没什么用。我倒是一直庆幸她和你分手了。"

"哦？是不是那样你就有机可乘了？"

"张先生，"女孩儿气得嘴角带笑，"你完全可以采取另一种方式说话，这样我不至于对你有抵触情绪。"

再见帕里斯

"叫我张同学好了，就像高中时一样。"我说。

"今时不同往日了。"她说，"别跑题，我们现在要谈论正经事。"

"正经事嘛，是指到哪里吃晚饭？你爱吃中餐还是西餐？"

她没有顾及我打岔，打开提包，开始翻检。我走到窗口，将窗帘拉大一点。阳光如一片水流般落在了地板上，明亮的波纹。风吹动着树影，一片斑斓之色。对面楼房阳台上的晾衣绳上挂满着躯壳般的衣服，俨然法国大革命时期巴黎街头的绞刑架。

"这个，小胡让我给你的。"她说。

我回过头来，接过她递来的一本书，《意大利童话》。

"她说，把这个还给你，你们之间就两清了。"女孩儿继续说。

她顿住了，也许是注意到我的脸色凝重。她拿起了显然已经空的杯子，作喝水状。我安静地翻开书页，扉页上的一行字：

"给美丽的兔兔。生日快乐。2003 年 10 月。"

"谢谢你了。"我说，"她还有什么话要你转达吗？"

"没有了。"女孩儿说。

"真的没有一句话？"

"她大概 2 月底去美国。"女孩儿说。

"有提到我的吗？"

"没有。"

64

我慢慢翻动着书页，将书页凑到鼻端，隐约有香水的味道，"她现在用 DESIRE BLUE 香水了？"我问。

"不知道。我从来不用香水。"女孩儿回答。

"她以前也不用的……"我说。

女孩儿侧首看它处，似乎没有听到。

我将书放在了书柜中，回过头来，女孩儿已经坐在了凳子上。她抬头看石英钟。

"快五点了，"她说，"东西我也已经送到了。那么，我得走了。"

"那么急？有事吗？"

"事情倒是没有，就怕你一不开心把气撒到我头上来。"

"两国交兵尚且不斩来使，何况你是美女，何况我们还是高中同学。我还得谢谢你，真的。我知道她是不愿意见我了，没有你，我也不知道关于她的事。"

"其实吧，她和你分手也是可以理解的。在两个地方上学，你们两个人都是急性子人。我在高中里就不看好你们在一起，没想到还能谈三年，挺神奇的。"

"你真是和平主义者。"

"没有，只是作为同学得劝你一下，也谨防你一失态我就尴尬了。"

"我还没来得及向你表示感谢呢，"我说，"旧的不去新的不来，紧追潮流，更新换代。我不能放过这样的机会来邀请你，你

得承认，你现在比她漂亮。"

"这话你三年前说大概有效果，"她微笑着站起来，"三年前我男朋友就没你这么嘴甜。"

"吃饭去吧。"我拿了外衣披上，说："作为对你的感谢，也作为对你第一次追求的尝试。"

"可是，"在迈出门的时候，女孩儿说，"我得尽义务地告诉你，你如果当真的话，那么形势相当恶劣。我有新男朋友了。"

"这些都不重要。"我一边往腰里揣钥匙一边说，"一切都会好起来的，只要时间过去。"

C

她在我对面坐下了。

桌侧是落地长窗。

老板巧夺天工地为落地窗配上了从天而降如大雨般冲刷的流水效果，在凝眸于窗外的时候，仿佛望到秋雨萧萧。在窗户上流动的水摇曳多姿，将城市的面目扭曲一番后粉墨登场，冬季的黄昏，天色已渐次暗落，流水扭动着人们的影子。

"吃什么呢？"我问。

"看这家店装潢蛮用心的，吃的东西价格也一定鸡犬升天。你习惯挨宰？"

"去掉你的外貌这个因素，即使对待普通女同学我也得表现出诚意来。"

"你真好。"

"你这么说是想宰我了？"

"大概是。"

"小姐您好，需要点菜吗？"衣冠比我们俩都更楚楚一些的、显然所取工资不菲的侍者出现在桌旁。

"我要一份扬州炒饭，"我说，"一份罗宋汤。"

"凤梨炒饭，紫菜汤。"对面说。

"一份扬州炒饭，一份凤梨炒饭，一份罗宋汤，一份紫菜汤，一共九十二元。"侍者说。

"果不其然。"女孩儿看着我说。

"什么？"侍者问。

我掏出一张五十元钞和两张二十元钞放在桌上，女孩儿掏出两个一元硬币。侍者用像提灯鮟鱇鱼一样优雅的姿态游走。女孩儿将双手撑在下巴上。店堂里在播放清洁无害的美国流行乐。

"不知道上海的紫菜汤是什么样的。"她说，"我小时候吃面时特别喜欢加紫菜，后来就想吃遍全国餐厅，看看哪里的紫菜最好吃。"

"青岛，"我说，"威海，蓬莱，味道都半斤八两。海边的城市，

再见帕里斯

紫菜像草原一样丰茂。"

"是去旅游？"

"是的，前年的夏天了。"

她带着洞悉一切的笑说："和她一起去的？"

"你吃醋？"

"没有，随口问一下，你们的事还轮不到我吃醋吧。"

"你从南京来，最后一次见她是什么时候？"

"上周，我去她学校看她。她准备出国，忙得团团乱转，那种特有成就感的忙碌。我告诉她，我要来上海，她就让我顺道带书给你。"

"没有别的？她就没有让你顺便做她替身，继承她和我未完的恋爱什么的？"

女孩儿似笑非笑地看了我一眼。

"你不觉得你嘴上少占点便宜会更可爱一点儿么？"

饭菜被另一个侍者用欧洲式的单手托法端了上来，安置在我们面前。柔和的灯光如手般抚过青瓷的盘子，细切的凤梨望去嫩黄诱人。

她先试了一勺紫菜汤，从她的表情来看，似乎若有所失。

我则安心对付着自己的那份，鸡蛋，胡萝卜，米饭，细切的青椒，看肉丁，香菇，炒得火候略差，但是还能果腹。

"如果不满意，交换一份汤怎么样？"我看着她。

"不用了。"她说。

"我这一份没喝过，而且我没有病。"我说。

"但这一份我喝过了，"她说，"不过这紫菜汤很一般。"

"我不介意。"

"但是我介意，"她说，"你知道妙玉为什么宁肯把茶碗砸碎了也不送给刘姥姥吗？"

"那么把我的汤拿去好了，我不喝汤也可以。"

"不用了。"她说。

"我记得，你高中时是爱吃番茄的，"我说，"所以对罗宋汤，你应该有好感。"

她看了我一眼，驯鹿看猎人时的眼神。

"我记得你在高中从来不吃番茄的，所以我一开始就觉得，你叫一份罗宋汤肯定有诈。"

"从一开始你就断定了我想跟你交换？"

"也不是，你说你记得我高中时爱吃番茄，我就觉得你别有所图。"

"那么，你记得我高中时不吃番茄，这是不是也意味着你心里有鬼？"

她放弃争辩，伸出右手舀了一勺罗宋汤，在我面前示意了一下，然后一口喝掉。

再见帕里斯

"领你的情了。"她说。

我们继续低头吃喝。

我思着话题。

玻璃门被推开又关上：一对老年夫妇走了出去；几个穿着洁净白衬衣的人进来；一个学生样子的男孩呼唤服务生为他将饭菜打包；有人进来问是否有大盘鸡供应，未果，离去；一对看样子结伴而行的青年人进来（一个胖男子，一个长发男子）坐在邻桌，敲着桌子要过菜单。

"我一直想问的是，"她说，"为什么你不喜欢吃番茄？"

"其实是因为，"我说，"意大利菜里都是番茄，而我是反法西斯斗士。"

"那你还喝德国啤酒？"

"又或者，"我说，"你知道番茄的原产地？"

"我以前是数学课代表，我讨厌地理老师。"

"应当是产自，"我说，"新大陆。番茄进入欧洲人的知识领域，是哥伦布发现新大陆之后。随后，伴随着黑奴贸易、殖民者的掠夺，番茄被捎带带到了欧洲，成为了意大利人的座上珍。为了表示对种族主义的抗争，我从来，尽可能，抵制吃番茄。"

"说真的？"她问，"你那么有正义感？"

"胡扯而已。"我承认，"随口胡说，借题发挥。"

"我说一句话，你别生气好吗？"

"说吧，"我说，"是不是和她有关？"

"是……我想，小胡和你分开，是不是因为你这种脾气？"

"什么脾气？"

"喜欢胡扯呗。"

"她也爱胡扯，一胡扯起来没边没谱的。"

"看上去小胡是个蛮沉静的女孩子，偶尔有些男孩子气。"

"装的呗，苍蝇不叮没缝的蛋。"

"我们要回锅肉一份，辣子鸡、玉米烙、宫保鸡丁和鱼香肉丝、炒花生，再来四瓶啤酒。"邻桌的胖男子喊道。

"宫保鸡丁和辣子鸡不是重复了吗？你那么爱吃鸡？"长发男子说。

"宫保鸡丁有花生和茭白嘛。"胖男子说。

"那你还点花生？"长发男子问。

"其实，"她一边优雅地吃凤梨，一边说，"你跟她高中时谈恋爱，整个学校都觉得怪惊讶的，所以我一听到你们分手，第一反应就是：怎么你们持续了这么久呢？"

"三年。"我说。想再接一句，却想不出词来了。

暮色渐次昏暗，长窗的流水犹如夕雨一般落之不停，桌上花

再见帕里斯

瓶中插着不合时宜的玫瑰花。我将头倚在窗玻璃上，看着她的眼睛沉没在玫瑰花的阴影里。

"换个话题吧，"我说，"忽然想起了《美国丽人》。"

"怎么说？"

"米纳·苏瓦里，那个女主角的名字。睡在玫瑰花里，一个90年代的洛丽塔。"我说。

"哦。"她似乎毫无兴趣。

"十二岁的洛丽塔和她的继父私奔，"我继续无聊地发挥，"完美的爱情。"

"我没觉得《洛丽塔》是部好小说，"她直接地说，"林恩导演的电影还有些意思，能教会人们什么呢？"

"为了教会人们怎么写小说是福楼拜之前的事情了。"我说，"亲爱的，要记住，小说应当给人一种阅读的乐趣，一种美感，一种存在的，确实能让人感觉到诗意的东西。"

"十二岁女孩和三十七岁男人私奔就是诗意？"她一针见血。

"不是数字的对比那么简单，"我说，"再说，海伦和忒修斯私奔的时候，她也只有十四岁。"

"哦。"她开始看窗户的流水。

"也许魅力不在于十四岁，"我说，"魅力大概在于私奔。"

"私奔。"她无聊般地重复。

"晴朗的夜晚，拉着自己心爱的人儿从阳台上滑下去，美丽的

女孩儿会为你挽住逃跑的绳索和度日用的财物，雇佣一个老迈的车夫，躲避在一辆破旧的马车中。在月光下铺满枫叶的马路上，嘚嘚的马蹄声是为你和爱人私奔的最好伴奏曲目。你可以将私藏的葡萄酒为你的爱人斟满，为这自由的爱情得以逃生而欢庆，"我一口气说完，"不觉得很美丽？"

"概率低，"她说，"夜晚可能下雨，你可能忘了带伞，心爱的人儿也许体重太大，阳台也许陡峭，绳索也许不牢，车夫可能喝醉，马车可能抛锚，月光可能很暗，马儿可能失蹄，喝醉了可能会被夜巡的警察逮住，送回家去。你晚生了两百年，你应该活在巴黎。"

"数学课代表，"我说，"你真伟大。"

"谢谢。"她微笑着，吃完了最后一筷凤梨，把盘子推在一边，"来两份柠檬汁！"她喊道，回头对刚要张嘴的我一笑，"别争了，我请客。"

"我张嘴不是要付账，"我说，"其实我不爱喝柠檬汁。不过我转念一想，既然是你请我喝的，那么我应当学习着喜欢起来。你说对不对？"

"油腔滑调。"她定性似的说。

"啤酒全部都打开！"邻桌的胖男子说。

"你能喝，"长发男子说，"下次我叫阿陈过来陪你喝。"

再见帕里斯

"哪个阿陈？"

"那个，我一哥们，跟你说起过的，人特老实单纯，可是喝酒是一级棒。就坐那儿，闷声不响，喝，能喝两瓶白的。"

放在玫瑰花旁的手机响起了铃声，我伸手取过，示意她不要出声。她点头，从餐桌旁拿起一份杂志翻看。

"在哪里呢？"父亲的声音。

"在外面吃饭，什么事情哪？"

"这周末回家吗？"

"还有一个实习作业没有做完，"我说，"做完了就可以回家。"

"回家记得把箱子什么的带回来。"

"好，外婆怎么样了？"

"还在观察，结果还没有出来。"

"现在是在医院，还是在家？"

"医院。其实住在医院里也好，有空调，省得受寒。"

"也对，我回来了就去看她吧，今年过年还是在外婆家吗？"

"大概是，到时候再看吧。你要回来的话提前一天告诉我，我让人去接你。"

"好，知道了爸。"

"你外婆？"她问。

"是。"我说。

"我听小胡说过，"她说，"你和你外婆感情很好。"

"是很好，"我说，"对了，数学课代表看过高尔基的《童年》吗？"

"小时候看过，怎么了？"

"我对我外婆的感情，类似于高尔基对她外婆的感情。"

"噢。"

"事实上，"我说，"我外婆和高尔基的外婆有类似之处——胖胖的熊一样的身子，笑呵呵的脾气，一个可爱的老太太，还会做一手很好吃的面饼。"

"真不错，可是怎么住院了呢？"

"这个，"我说，"说来话长。"

"如果想转话题，说到一半再转好了，"她说，"说说你外婆她老人家，比听你油腔滑调安全。"

D

1938 年，外婆出生在无锡。

"不是名门望族，亦非达官贵胄，只是普通的市民出身。在那个年代，跟所有江南女人一样，上过小学就开始从事纺织和厨艺。外婆的父母似乎是普通的小市民，组建成的是那种丈夫在外工作，

再见帕里斯

妻子在运河的堤边淘米洗菜的家庭。"我说。

"噢。"她似无兴趣。

1956年,外婆结婚,嫁给一个姓徐的男人。

"我没机会亲眼见到我的外公。外婆家起居室里悬挂的黑白遗照给人清癯温和的印象,大概是个读过书通晓文墨的人。据说他每天要喝掉二两黄酒,吃掉二两花生。"

"我外公现在还能每天喝二两黄酒。"她说。

1957年,外婆生下了女儿,即我的母亲。60年代的第一年,生下儿子,即我的舅舅。

1960年,我的亲外公逝世。

"我妈说,说来奇怪,现在想起她的亲生父亲来,居然谈不上有很深的印象。大概是父亲过世时年纪幼小,还未对死亡有特殊感情,思想上并未受到强烈的冲击。知道自己有这么一个生身父亲,那个和自己母亲结婚,继而孕育了自己的人,也仅是如此了吧。"

1969年,外婆再嫁。夫家姓杨。

"那是我现在的外公,"我说,"当时是无锡市政府的一个机关干部,刚离婚。据说他刚和我外婆结婚时,肥胖、大男子主义、专

横，一身官僚主义作风。他对于自己与前妻的亲生儿女关怀备至，而对我母亲和舅舅却不闻不问，不时打骂。他的业余爱好包括写毛笔字，养花，练各种气功，听黄梅戏，以及吃口味偏甜的红烧肉。"

"你好像没继承他任何爱好。"她说。

"有的，"我说，"最后一项。"

1979 年，外公在家里殴打一个青年男子，至头破血流，为此被提到派出所问讯。

"那就是我的父亲，"我说，"当时刚开始商务职员生涯的他，正在和我母亲进行初步的接触。我的外公对他报以殴打，理由是他不能接受一个穿着浆洗过的白衬衣在他家门前与他女儿约会的男子在邻里间享受着比他更好的口碑。在把我的父亲打得头破血流之后，他被拉到了派出所。在各种传说中，最可靠的一种是这样的：我父亲去到吴桥地区派出所，告诉那些警察说，他的受伤是因为自己不小心跌的。在那些警察放心有余悸的外公回家之后，我父亲抹了一下额头犹在流淌的血迹，对外公说：你最好记得，这是你最后一次打我了。"

"现在他们关系怎么样？"她问，"老死不相往来？"

"我外公，"我说，"现在对待我父亲采取的是一种近乎谄媚的态度。那应该是他失去经济来源之后，采取的自我保护措施。"

再见帕里斯

"老人家嘛，你宽容一点。"她说。

1982 年，我的父亲和母亲结婚。

"虽然没有获得许多的认可，但还好没什么阻挠。"我说，"一个纺织女工和一个贸易师的结合，在运河沿岸居民区被认为是不错的故事。外公没有公开表示态度，外婆则对我父亲非常喜爱。我的父亲和母亲结婚后离开了河岸的居民区，去到了市区居住。而外婆和外公则逐渐步入老年。"

1983 年，我出生了。

"不是我夸口，"我说，"一出生就是作为一个备受宠爱式的人物出现，毕竟父母双方在各自家庭中都算是不错的人物，作为他们的儿子自然是注目的焦点。从小就显示出不凡的天赋，首先是基本不哭，而且被谁抱都很配合，就像乖巧的猫一样受到宠爱。五岁开始识字，幼儿园就能读《杨家将》，小学里看完金庸所有的小说，成绩优秀，被所有的女老师认为是范本式的学生，口才利落，普通话标准，十岁时还获得过区小学生演讲比赛的头名。"

"现在的口才也不错。"她说。

"小学毕业就以公费生身份考入了全市第一的私立初中，初三毕业又以公费生资格考入了全省第三的市一中。可谓是一帆风顺，作为外婆来说当然也对我喜欢得很。"

"你跑题了。"她说。

"没有，"我说，"说到我的这些事，无非是为了强调我外婆的幸运，拥有这样的一个外孙，尤其是，他，居然能够和一中史上最有名的数学课代表余姑娘做了三年的同班同学。"

她拿起纸巾掩口，开始咳嗽。

1989年，舅舅结婚。

"至今还记得舅舅结婚时的场景，"我说，"舅舅娶了一个活像黑猩猩的女人，她穿着红色的婚礼旗袍出场时简直像一盘辣椒雪里蒿，家里从上到下没有一个人对这个女人有好感。舅舅结婚那天，这个女人，我的舅妈，居然当着大家的面，骂外婆没有给她置办齐家具。这么多年，那是我第一次看到有人对我外婆粗声大气，年方六岁的我当时理直气壮地骂了她一句黑猩猩。"

"你厉害。"她说。

1991年，母亲辞去纺织女工的工作，开始担任某制衣公司主管职位。

"妈妈辞职的那天，是我陪她去的。我在门外椅子上看书，她去和厂长交涉，外婆为了这件事骂了妈妈好多次。后来，妈妈辗转了好几家公司，终于到了自己做汽车销售生意的地步。说起来，妈妈算是成功的。"

再见帕里斯

1996 年，舅舅去了美国。

"说是出国，"我说，"其实不过是去塞班岛，一个离中国大陆较美国本土还近些的岛屿。舅舅做那里的中国工人的主管，操着不标准的英文，和美国工头交涉。对外说起来，算是出国了。结婚那么多年，那只黑猩猩，我舅妈，从来没有去看过我外婆一次。而舅舅也只是到过年，才会回来那么一次。"

"听上去像是常见的娶了媳妇忘了娘的故事。"她说。

"舅舅其实是一个软弱的人，"我说，"所以，他会被我的黑猩猩舅妈控制着，根本不知道反抗。我妈妈一直说我很像我舅舅。她害怕的就是我被哪个女孩子迷住了，所以，她从来，都不是很喜欢小胡。"

"心理学上来说，"她说，"爱子心切的母亲总是害怕会失去儿子，会下意识地希望儿子在精神上更赢弱一点。"

2001 年夏天，舅舅回国。

"回国的舅舅只去看过外婆一次。那些年，外婆年年准备压岁钱，想给舅舅和他的女儿，我的表妹，可是都没有过机会。老了之后，外婆过的日子还算富裕，可是，也只有我们一家会常去看她。平时，她都和门口一帮老太太打牌，听一些闲言碎语，然后会拉住我用很秘密的语气说：你知道不？贺龙其实是贺子珍的哥

哥……谁说的？门口阎老太婆说的。她知道得多，什么都知道……"

2002年春天，外婆被查出了乳腺癌。

"那个春天来得很迟，我和小胡刚开始恋爱……"我说，"我高考，考去了上海。然后，每个周末，我乘火车从上海回来，去医院看我外婆。你知道吗？我外婆的身体，一直是很健康的，胖得像春天的熊，还每天嘻嘻哈哈的，胸无城府。六十开外的人，没有白头发，特别能吃，没病没灾的。她家族还有长寿史，我太婆就活到了九十九岁。我和爸爸妈妈一直说，外婆是那种能过百岁的人的。所以，真的是，没有想到会那样。她生病了，我们还不能告诉她真相，只好说，是些小毛病。我去医院，给她说笑话，就想，她能好起来。"

"后来呢？"她问。

"2003年夏天，外婆的乳腺癌被克制住了，"我说，"那时全家高兴得什么似的。那时，舅舅被妈妈训了，来接外婆出院。然后，那年夏天，外婆还去了浙江疗养。那时检查身体，乳腺癌基本不成问题了，可是，出了别的问题。"

"什么呢？"

"查出了肺癌……都莫名其妙的，青天霹雳一样，不知怎么

再见帕里斯

就……我们，还得瞒着她，把她拖去医院，说，疗养。我大二学习忙，只能两周回去一次，看她。那时，她像个小孩子一样，嚷嚷着说，要出院，要出院……于是我们只好一次一次地哄她，说会好的，快好了，等等。"

"后来呢？"

"不知道是不是命运，"我说，"我和小胡分手的那个秋天，她的病势又奇迹般地好了……等我的心情允许被开玩笑时，爸爸说，外婆的身体就是我感情状况的晴雨表……呵。"

"原来如此。"她说，"现在呢？"

"现在？应该还好。冬天到了，怕她的肺受不住，就让她找个医院疗养一段儿，然后，差不多过年时接她出来。她的身体是经不起折腾的了，就盼着她好些。我在上海做完这些实习，就回去陪她了。"

"像是个孝子。"她以手支颐，说，"如果不是做姿态，倒真的很可爱。"

"谢谢。"

我俩默默无语地喝柠檬汁。

我几口将柠檬汁喝罢，把杯子放在桌上。

她莞尔一笑。

"你有事？"

"没有。"

"那干吗喝这么急？匆匆忙忙的。"

"因为，"我说，"秀色可餐，吃得太急太饱，所以要用饮料消一下食。"

"其实你大可以把饮料喝慢一点，这样你就可以多纠缠我一会儿了。"

"你看你都猜到我会这样了，肯定有破解之道，所以我就不用这招了——控制与反控制。"

"喝白的吗？"胖男子问长发男子。

"不要，"长发男子说。"小悦一会儿到了，我们喝高了她一个丫头怎么扶得动？"

"那就别扶了，"胖男子说，"我就躺她怀里睡。"

"你别美了，"长发男子说，"她的心早被那小王八蛋给收了。以前多爽的一个女孩子，现在没事掏手机，等那男人短信。那男人约她去哪儿，刷的打车就过去。女人哪。"

"小丫头刚谈恋爱都这样。"胖男子说，"将来要结婚了还是我这样的有安全感。"

"反正便宜也被那小子占光了，"长发男子说，"你还惦记着哪？"

"我说你小子，"胖男子朝我瞪眼，"看什么看，看什么看？没见过人喝高？我没高。我还能喝白的。"

再见帕里斯

"你说你装什么北方人，还一口一个喝高，装吧你。"长发男子说，"你别装醉给我逃杯。你喝不？"

"对不起，"我说，"听到你们说到一个名字，有些耳熟。"

"我说什么了？"胖男子说，"我说什么名字了。你在糊弄我。"

"你，糊弄，我！"长发男子说，"你这杯没喝，你跟别人说话，说什么话。"

"怎么了？"她问。

"没什么，"我说，"我好像听见他们说小悦两个字。我一个朋友也叫小悦。"

"重名吧。"她说，"你那个朋友是什么月？月亮的月？超越的越？"

"喜悦的悦。"我说。

"同音的字那么多，重名都不希奇。人家喝醉了，你别和人家多说了。"她说。

"所以我也没多说啊，我只是看他一眼而已。"我说。

"你呀，"她说，"怎么从来就没有认错的习惯呢？"

"得，我错了。"我说。

"你说谁喝醉了？"胖男子说。

我朝他摆了摆手。

第 3 章

相 遇

"吃完了吗？"我问她。她轻轻地咬着吸管，喝柠檬汁，"一会儿吧。"她说。

"我说，那什么，"胖男子站了起来，长发男子拉他的衣袖，没拉住。胖男子双手箕踞在我们的桌面上，"你说谁喝醉了？什么名字？你看我喝醉了就看不起我了是不是？"

"别瞎折腾。"长发男子说，"丢人吧你。"

"丢人就他妈丢人。"胖男子说，"我丢的人还不够？我他妈的看上的女孩儿居然跟个无锡人跑了。我他妈的丢人不丢人？无锡，那是什么地方？吃东西甜得，像他们拿糖当盐似的。我没醉。我都没喝白的。"

"我不知道您对无锡人有什么看法。"她将空杯子搁在桌面上，"可是，麻烦您别在这里撒酒疯，回您自己的桌子上去。"

"你说什么？你，你当老师的吗？你还会训人哪你？我是自由的，我在这里走走，怎么了？你，你是干什么的？"

"走吧。"我说，站起来穿外套。她沉着脸站起了身，取外套。胖男子站到了她面前。

"请让一让。"她说。

"怎么了？"循声而来的服务生问，我正从瓶中取下玫瑰花，流水爬满了窗户，仿佛夜雨的车窗。

再见帕里斯

"没什么事,"我说,"可能有些小误会而已。"我伸手拉着她的左手,她没有拒绝。我试图从胖男子身旁走过。

"麻烦您让一让。"她说。

"阿宝,别惹事!"长发男子说。

"你,你这个四眼女人。你,说,我喝醉了?你就是说我没用咯?我还没喝白的呢,我怎么会喝醉?你看不起我是不是?无锡人有什么了不起的?女人都他妈贱。"

她的脸气得绯红。我伸出手来,推了一下胖男子的肩。

"麻烦您让一下。"我说。

"跟这种人你没必要客气!"她对我说。

"什么这种人?你知道我是哪种人?你找打。你想找打是不是?我看你就是,就是找打。我告诉你,我……"

"阿宝!别惹事!阿宝!"

"是这家吗?"她问。

"你是路痴。"我有气无力地说。

她从我口袋里掏钥匙,"哪把?"

"银白色那把。"我说,"就是所罗门国王的金库钥匙……"

"别说话了。"她说,"都伤了还废话。"

86

"如果这时候不说，怕以后没机会说了。"我说，"看过《白帝托孤》吗？"

她没有回话。

黑暗中钥匙串叮当碰撞，恍若林恩电影中的风铃响声。

我将额头靠上大门，耳听到钥匙插入门锁之后的绞动声。门锁颇不情愿地吱了几声后，露出了一道罅隙。

她伸出手来扶我，让我靠着她的肩。我将头靠到她耳侧，用鼻子触了一下她的左耳垂。她下意识地推了我一把。

"真拿你没办法。"她说，"光知道动手动脚。"

"我既没动手，也没动脚。"我说。

她把我扶进了房间，把门关上。

我被扔在了床上。

她开了灯。

我仰面朝天，看着莲花状的吊灯，熹微不明的光亮。我咳嗽了几声，脸上依然火烧火燎的疼。

"好些了吗？"她走到床边，伸手碰了一下我的脸。我畏缩了一下。"疼。"我说。

她叹了口气，在床边坐下，看着我发了一会儿呆，"需要我做点什么吗？"

再见帕里斯

"让我能听到你的声音，看到你坐我旁边，看到你能这么关心我，就好了……"

"你能不能正经点儿呢？"

"那你给我倒点儿水吧。"

"说实话，"她看着我把空杯子放在床头柜上，问，"干吗要替我挡那些拳头？"

"因为我已经爱上你了。"我说，"多年前沉睡的爱情被召唤醒了。"

"你对小胡也会这么说吗？"

"什么？"

"没什么。当我没说。你还要水吗？"

我看着她站起的背影，石英钟指向了10，猫头鹰的眼睛闪烁不定。

"你吃醋了吗？"我让自己的笑声尽量显得克制。

"没有，别胡说。"她说。

"啦啦啦你吃醋了，"我说，"你爱上我了，我英雄救美总算没有白救。"

"被人打还算是英雄？"她说。

"慷慨赴义嘛，不算英雄？"

"还要喝吗？"

"不了。"

她把杯子放在了桌子上，站在床尾，默默无语地看了我一会儿。

"谢谢。"她说。

"创可贴，"我说，"红花油，在柜子里。"

"其实你是个好男孩儿。"她说，让蘸着红花油的棉花在我脸上摩挲而过。我斜倚着，听任她摆布。

"对了，这个给你。"我说，将右手依然捏着的残败的玫瑰花递给她。

"傻瓜。"

"刚才不是还说我是好孩子吗？怎么又说我傻？"

"其实你还是忘不掉小胡，对吧？"她说。

"小胡是谁？"我问。

"你呀。"她微笑着，叹气。

"要走了，"她说，"这么晚了，不回去就没地铁了。"

"你来上海住哪里？"我问。

"住同学的宿舍。"

"多不方便啊。"

"你想让我住你这里？"

"好提议，我不反对。"

"你的本事都在这张嘴上了。"

她把手按在了门把手上，我看着她凝立在门侧，若有所思般站了许久。

再见帕里斯

"你还是，惦记着她，对吗？"她问。

"谁？"

"明知故问。"

我思考了半分钟，然后吸了口气。

"是的。"我说。

"呵，"她微笑，"我早知道了。"

"你聪明。"我说。

"你比我聪明。"她说。

"你是不是喜欢上我了？"在她把门关上前，我用力地喊了一声，她关门的手顿住。

"不知道。"她说。

门关上了。

我听着她的脚步声犹如波涛表面的阳光般粼粼远去，我闭上了眼睛，沙漠一般的孤单开始堆积了起来。冬夜的寒意，缓慢地浸染着我的脸。

我还能记得花瓶中那玫瑰花雍容典雅的姿态，这个时候它们的花瓣或散落在了饭店或散落在了风中。

我在想她走路的时候手持玫瑰花的样子。

困意袭上心来。

在层层叠叠的玫瑰阴影之下，一个女孩子正在不远处的梦境里对我展颜微笑。

4

失恋

我在走回去的时候接到了她的短信。
她说："谢谢你的海豚。"
我看了一会儿手机屏幕，
然后把这条短信删除。

时间：2004 年 9 月 26 日
我在这一天，见了我的"失恋"

A

　　我对剪票员点了一下头，聊以致意。后者娴熟地转过身来，让我通过，顺手扶了一下我的手肘，将我手中巨大的行李箱推上了车厢。我拉住车门两侧的栏杆，用力将自己的身体拖上踏板。

　　过道里人们熙熙攘攘，如同橘子罐头里的橘瓣一样听天由命地磨蹭在一起。

　　我撞上了人群，引来一片怒目。我的脸堆起了尽可能谦卑的微笑，努力地将身体蹭入周遭的喧嚷。

　　一身旧制服的列车员，像救护车穿越车流一样，从过道的另一面摩擦着多角的棱面走了过来，扯着嗓子大声叫嚷：给我往前走哪！靠着车门干什么？说你哪孙子！

　　我迅速地回了回头，盯了列车员一眼，发觉他是朝着车门旁一个矮瘦的年轻人嚷着。我又把头别了回来。我矮下身子压低重心，推车一般将箱子朝前推行，头也不抬地嚷嚷着：谢谢，让一让，让一让，谢谢啊，让一让……

　　车厢里已经拥挤到了几无空隙的地步。

　　每个人都大吼大叫，声浪在狭窄的空间中碰撞着，尖锐的切割面彼此参差着，凌乱不堪。

　　列车员们粗鲁的手推着过道里的人群，好像堆货一样继续把人们扔进车厢。人堆后浪推前浪，前赴后继。脚下绊蒜，手上没根，前后不知是谁的肩膀硬邦邦的，不顾一切地往前推挤。

再见帕里斯

我身不由己，几乎是匍匐在箱子上，被人七手八脚地揉捏推拿。昏天黑地。像被堵住了退路的老鼠，哪里有缝隙往哪里钻。脚下踩着棉花似的飘荡不定，一会儿紧一会儿松。前面忽然有一个隐约的空隙。

柳暗花明。

我一把扯住箱子，踉跄地扑向过道的那个空隙，扑通一下坐倒。移动暂时得以停止，毕竟坐倒了暂时拥有了不再移动的权利。失去平衡的人大半在挣扎之后会一屁股坐下，这就好像斑鸠占雀儿的窝一样，是一种占据的证明。

一阵子疼痛侵袭了我头颅内的神经组织。

有那么一会儿，喧嚣声很远了。

定下神来后，我抬头，发觉自己坐的地方颇为奇特——火车过道两厢，两个类似于包厢的空间，两个洗手池，只是没有门。我就跌坐在那里。

巨大的箱子横亘在我脚边。

过道里挤着的人群有几个对我漠然而视，好像博物馆的清洁工在观看死去鲸鱼的标本。

我手撑着箱子站了起来，狭小的空间里无从转身，想退回人满为患已达饱和的过道里无疑是痴人说梦。在众人的眼光逼视之下我略为尴尬了一会儿，然后心绪渐次平稳起来，终于达到了心安

理得的境界，我安慰自己：到此地步，我也是无计可施，既然都改变不了，那么，多想无益。

我累了，在箱子上坐了一会儿。

过道里的人群发生了最后一次大涌动，犹如草堆被飓风推挤，我知道火车门关了。过道里的人有几个开始往水池这里扭身子，可是空间狭窄，难以得逞。我坐在箱子上，望望水池上方的镜子，镜子里那些过道里的人们——一个个的身体都好像被镶嵌着无法动弹的机械人——都对我投以并不友好的眼神。

火车开始动了。

这庞大的饱和容器借助着巨大的动力，开始了漫长的旅行。背部感觉到的有韵律的颤动，提醒我行程的开始。

坐了一会儿，我开始不自然起来。

假想的目光汹涌着，提醒着我周遭人们对我的不满。

我若有意若无意地瞄一眼镜子，镜子里的人们并没在看我，他们进行着巨大的努力保持着身子的平衡，火车呼哧呼哧的声音像哮喘病人垂死的呼嘘。

列车员从过道那头进来喊道："把箱子都放行李架上去！那儿有空儿你们不放干吗？搁地上多占地儿啊！都搁上面去！快！"

再见帕里斯

我站起了身子。

列车员从人群里钻了过来——人们的身体展现了伸缩的弹性，刚才他难以推开的人群，现在自动让了一条路给列车员——我看见列车员站在了过道口。

他指着一个箱子，看着我喊道："你的箱子吗？"

"是。"我说。

"搁行李架上去，放这儿占地方！"

"行李架没空儿啦！"列车员旁边，一个穿蓝色布衫在人群里踮着脚勉强站稳的矮个子男人说道，声音像破锣一样。

列车员皱着眉头瞅了一眼蓝衫，似乎对蓝衫的多嘴深感不满。列车员看了一眼不堪重负的行李架，又低着头研究了一会儿他的大箱子，点了点头说："那就先放着吧。"

列车员又从原来的通道退了回去，好像一只乌龟把头又缩进了壳里。

"让一让，让一让！"推小货车工作人员的声音，在车厢里显得沉钝而郁闷。

人群之间起了一阵子小小的骚动，又不动了。

这头的人喊道："太挤了，动不了！"

"你们让让！能挤过去的！"

"真动不了！"几个人的声音同时喊道。

第 *4* 章
失恋

　　小货车的努力宣告失败后，车厢里的喧嚷多少告一段落。我闭上眼睛，噪音如退潮的海水，使我的耳廓产生空虚和痛感。火车开动的步伐有条不紊，机械各司其职的劳作。

　　有人伸手拍了拍我的肩。

　　我抬起头，看见了那个穿蓝衫男子对我咧嘴而笑，他把已经开始蜷曲疲惫的身子展开了，点着头。

　　"什么事啊？"我问。

　　"我洗个手。"蓝衫说。

　　我点了点头，把箱子往自己身边拉了拉，自己尽最大力气贴着壁，把箱子提起来，抱住，往自己身上压，让出一点空间来。蓝衫从狭小空间里钻进来，快手快脚地开了水龙头，一边伸手洗着一边向我微笑。我努力撑着箱子，姿容尴尬地向蓝衫微笑。蓝衫洗完了手，侧身走了出去，帮我扶着箱子："哪，拿下来拿下来，小心小心。"

　　"不用不用，我自己来。"

　　蓝衫的手扶着箱子放下。

　　我看到他的脸色开始变得不那么好看。

　　我微微感到了心虚。

　　蓝衫显然已经感觉到了，箱子并不重，可能还是空的。我目送着他钻回了人群，重新踮起脚，对旁边的人开始耳语。我下意

再见帕里斯

识地猜想着他的话语，蓝衫也许会说：那小子提那么大个箱子占那么多地方，里面根本就是空的！真他妈的，挤死我了，他倒自在。

那似乎是个不祥的开始。

秘密被揭穿之后，开始羞于向我开口的人们似乎找到了效法的对象，要求用水池的人一下子多了起来。我点头微笑着，拿起箱子，让他们一一通过，而后离开。

先是一个穿 T 恤的大汉过来，一声不响地向水池蹭身子。

我提起箱子，他一眼没向我看，自顾自把水放得哗啦啦响，慢条斯理地把手洗了一干净。洗罢了手，又意犹未尽地捋起袖子，把长满黑森森毛的手臂擦洗了一遍。如此周折一番，最后方洒着水珠施施然退了出去。

接着来的是一个干部嘴脸的方脸男子，他动作细谨，整个人像一汪黄油一样抹到水池旁，取出一包已经开过封的餐巾纸，从里面抽出两张已经发皱的，蘸湿了水，细心地对着镜子抹脸，又擦了手，然后一心一意地从镜子里看自己那张方正端严的脸蛋。完事之后，将餐巾纸团起来扔在水池边上，又小心翼翼生怕被毛虫刺了一般退了出去。

接下来的乃是一个头发染红的年轻人，晃到水池旁，对着镜子翻弄着头发，又龇牙咧嘴地自己看了看牙……

何苦看什么牙呢？我不由想，不过还是未宣之于口。

然后，他从口袋里取出一支烟，点燃了，开始慢悠悠地吸烟。

他皱眉。他不喜欢烟味。红头发的年轻人吸着烟，若有所思地看着镜子里自己的尊容，然后把烟头掐灭在水池中。

他走后不久，又一个妆化得让人看不透年龄的女孩儿钻了进来，细看不过十六七岁，却一脸妖魔鬼怪的招致模样，辫子结成极繁丽的花样。她细心地放水洗手，然后开始补妆……

如此，我一次次地把箱子拿起来，然后放下，然后再拿起来……

蓝衫在不远处看着我，嘴角依稀带着一丝狡黠……

我不得消停，极为疲惫。糟糕的是，如此情境未有结束之时。我很想到人群里去挨挤，那就不必如此不断被折腾，然而这是自己选择的空间，没有退路了。欲进不能，欲退不能，而我也不可能有底气去拒绝那些要用水池的人。

希腊神话中，西西弗杀死了宙斯的儿子并且吞噬了尸体——虽然你知道，宙斯有许多许多私生子，但是绝对不容许任何人轻慢他。

西西弗被判每天推一块巨大的石头上山，但是石头一上山就会滚落山脚，西西弗惟有日复一日地推着石头，如此者永远永远——

恍惚之间，我也觉得自己陷入了某种难以摆脱的永远……我自己跌入了如此的处境，永远无法摆脱——也许真的，真的，永

再见帕里斯

远无法摆脱。

这不是我的错……我想，也许是，也许不是，就像多年以来我一直习惯的方式。使我陷入这一切的只是一个思维的定式，就像即将等待着我的分手，还有在前方等待着我的漫长的旅途。

B

火车在昆山停靠时，车厢内发生了一次迁移，犹如地球平面的板块运动。兵荒马乱之中，我得以逃出那逼仄的角落。两节车厢中间，几个男人正各自站着抽烟。角落里，一个戴着耳机的女孩儿坐在铺地的报纸上，颀长的双腿交叠着，抬起右手遮挡车窗中泻落的阳光。

"对不起。"我说。

女孩把耳塞拔出来，抬起眼来看我，目光在我脸上一转之后迅速下降，饶有兴致地扫了一眼我的箱子。

"能放一下吗？"我说。

"好。"她说，语调明快得像剃须刀片。她手撑地站起身来，示意我挤进车窗的地方，放下箱子。我将箱子放好，站得直直的，女孩低着头研究我的箱子。他对她说谢谢，请她坐下。她点头，坐了下来。

"你别站着呀。"她说，"坐箱子上不好吗？"

"站着没事的。"我说。

"别不好意思，要不我坐你箱子上？别浪费了，你坐地上不碍事？"

"好。"

火车开动了。大片大片云影般的树阴不断抚摸着车窗，田野的角度渐次倾斜，河水如明镜一般在阳光下熠熠生辉。我将头靠在壁上，有阳光的地段，感觉确实不同。

"你是去哪里？"女孩问。

我抬起头来仔细端详了她一下：娃娃脸，大眼睛，生得颇为珠圆玉润，眉目极美。虽则坐着，但还是看得出来个子很高。比起那线条优美的大眼睛和嘴，鼻子显得过于小巧了些。

"去无锡。"

"趁国庆旅游呀？"

"不是，放假了，回家。"

"回家……那么你家在无锡呀？"

"嗯。去过无锡？"

"没有，我去南京旅游。"

"南京好像没什么好玩的。"

"你去过？"

"小时候常去，上大学后去过几次。"

"去玩的呀？"

再见帕里斯

"也不算，去看女朋友。"

"你女朋友在南京呀？"

话题有不可收拾的趋势，我企图结束。

"是。"

"箱子里装的是什么呀？"

"没什么的。"

"蛮轻的样子，肯定不是书呀电脑呀什么的，难道是衣服？"

"算是吧。"

"什么算是呀，不是衣服要么就是被单，要不，是绒毛玩具。"

"你怎么知道？"我冲口而出。

"是被单？绒毛玩具？"

"后面一个。"我说。

"这么有意思啊！男生还带绒毛玩具的吗？我要看一看。"

"不是自己带的，给女朋友带的。"

"那她一定很开心咯，你对你女朋友真好。"

"也不是，分手了。"我说。

"啊？你跟你女朋友分手了呀？"

我默然，不想继续这个话题了，然而女孩的问题连珠炮一般。

"为什么分手呀？分手多久了呀？怎么分手了还要给她带玩具呀？她是在南京呀？你是在上海读书呀？"

"前几天她电话里说要分掉的，至于这个是带给她的礼物。"

我说。

"你女朋友也是学生呀？她叫什么呀？多大了呀？"

"姓胡，是学生。"我说。

"是吗？我也姓胡呀！"女孩说。

"开玩笑吧。"

"没有没有，给你看我的身份证好了。"

"不必不必。"我慌忙说，"你好。"

"你看嘛，"她说，将手硬伸到我面前，"身份证没带。学生证，我叫胡小悦。"

"你好。"我说。

"哎呀，分手呀……好可惜呀。那个，我想看一下这个玩具。"

"现在不成，"我说，"一会儿停车时再说。"

车到苏州时，又一次鱼贯上下的迁移行为。她从箱子上跳下，低头看："这个怎么开？"

我按下开关弹簧，箱子弹开。一侧吸烟的几个男子不断打量我们两人。女孩从箱子里抱出了绒毛玩具。

"这个是什么呀？很可爱的。"

"海豚。"

"海豚？不怎么像啊。"

"是海豚。"

"噢……"

再见帕里斯

"怎么了？"

"嗯，很少看到男孩子抱着绒毛玩具上火车的。"

"大概是吧。"

"你以前见过？"

"没有。"

"我抱一会儿可以吗？回到无锡还给你，保证不弄脏的。"

"好吧。"我说。

C

"多吃一点，这个鸡汤是妈今天熬了一下午的。童子鸡肉是硬实的，我怕煮不烂，所以多煮了会儿……"

"谢谢妈妈。"

"鸡肉烂了没有？好吃不？童子鸡是补品，就是费工夫。多吃几块，不够锅里还有。"

"嗯。"

"你别给他添了，看儿子碗里都满了。吃太多胃不舒服了，还得吃吗丁啉。"

"我是看儿子心疼呀，在上海能吃什么好东西？稍微正经点的菜就贵得要死，食堂的菜又老瞌睡，不让他现在多吃一点，回去了还要挨饿。"

"儿子你是不知道，你妈妈每天在念叨你，还说要辞职了去上海租个铁皮棚子，每天给你做菜吃。哈哈。"

"别喝酒了，你怎么又喝？"

"儿子回来了，我开心，多喝一盅呢没事的，黄酒呢，喝了不伤身。"

"半杯，半杯！不能多喝。"

我将筷子横架在空碗上，用毛巾抹了嘴和手，将双肘压在桌子上，叹了口气。

"爸，妈，说个事情。"

"怎么了？"

"我和她分掉了。"

父亲和母亲交换了一个眼色。

"分掉了？分手了？和小胡？"

"分手了。"

"我一开始就说那个女孩子啊，她……"母亲说，"她有点那个，人也不很好看，可是偏要强得很。你对她算得好了吧？还老是护着她，你看……"

父亲眼睛转了转，一言不发。

"妈，"我说，"分都分了，也有我的不好。这样事后再说什么现成话，很不好的。别说了好吗？你把她说得不好，弄得你儿子眼光不准似的。"

再见帕里斯

"哦，不说了不说了……我晓得了。不提了就好，不提了就好。"

"儿子，"等到只有我和父亲在的时候，父亲叼起了一支烟，用打火机点燃，眯着眼喷出第一缕烟，然后眨了几下眼，好像在斟酌字句，"过去的呢，就过去了，爸知道你心里难过。她呢，和你似的，都是挺要强的性子，在一起呢，总是会有矛盾的。你说这个呢……"

"爸我没事，没事。这种事也不是没经过，过去了就好，过去了就好的，我自己有分寸。"

"好好，好样儿的，拿得起放得下，像个男子汉。"父亲伸手拍拍我的肩，"趁这几天长假，出去走走，散散心，到北边去看梅花怎么样？还可以去吃船菜。现在造了新公园，风景是很好的。"

"好。"

D

"我在你家楼下。"

"哦？"

"有些东西要给你。"

"好，等等，我马上下来。"

她从小区门口走出来时，穿着黑色的毛衣，蓝色长裤和白色外套，长发扎了马尾。夏日的痕迹仍未散去，肌肤依然洋溢着阳光的褐色。看到我的时候，她的左嘴角勾了起来，做出一个微笑。
她低下头，看了一眼自己的鞋子，然后抬起头看我。

"好。"

"好。什么事？"

"是这个。"我把抱在怀里的绒毛玩具伸给她看。

"这是什么？"

"你说你喜欢的那个，我在上海买到了。"

"是这个吗？我都忘了。"

"就是我们在健康路那家店看到的那个，你说想要这个当你生
日礼物的。"

"是吗？哦，我记得了……是这个颜色吗？我怎么记得那是蓝
的？"

"这个式样，我在上海只能找到这个颜色。"

"哈……"

"我搭车到城隍庙那里去淘了很久的……"

"可是，"她说，敛起了笑容，"你知道我讨厌这个颜色。"

"是吗？……这个是蓝绿色的……"

"我不喜欢这个颜色，我喜欢淡蓝色，你知道。"

"可是，这个也很接近蓝色……"

"你什么时候看到过我穿这个颜色的衣服？"

"有过吧……"

再见帕里斯

"没有。我不喜欢这个颜色。"

"我上去了。"

"等一下。"

"还有什么事吗？"

"你好吗？"

她嘴角又一次勾起。她的眉毛微微一扬。

"你看我好吗？"

"……"

"呵，我戴隐形眼镜的，眼睛都不像你那么湿。"

我回过头来，闭一会儿眼睛。眼睛发疼。

"是阳光太烈了。"

"是吗？"

她将双手插在口袋里，脚尖踢着碎石子。

"我上去了。"

"你真的不要这个吗？"

"我不喜欢这颜色。"

"可是我留着也没有用啊。"

"你可以送给那几个喜欢你的女孩儿嘛。"

"……"

"怎么了？"

"阳光太烈了。"

她走到了小区门口，我跟着她，在一片楼宇阴影俯瞰的地方，她站住了。

"虽然不好看……"她说，"不过，还是拿着的好。"

她从我手里接过绒毛玩具，挥手，"那么我走了，拜拜。"

"喂！"

"保重身体。"

"知道了。"

"喂！"

"又怎么了？"

她侧过头，抱着绒毛玩具，望着他。

"生日快乐。"

"好的。谢谢。"她说。

她拐了个弯，消失了。我弯下腰来，用袖子抹眼睛，眼泪流了出来。我转过来，背对着阳光。抹完了眼泪，我继续弯着腰，呼吸着，压抑着哭泣的冲动。好一会儿，我站起身来，抬头望向她所

再见帕里斯

在的楼宇，看到她站在窗口。一望见我抬头，她便将窗帘拉上了。

我在走回去的时候接到了她的短信，她说："谢谢你的海豚。"我看了一会儿手机屏幕，然后把这条短信删除。

E

我坐在河岸公园的秋千架上，读着当天的体育类报纸。阳光像细细撕碎搅拌后的金色箔片，低低地压着绿色的草坡。我将看完的一版收起，闭了一会儿眼睛。眼睛仍然在发疼。

短信铃声响起，我拿起手机。

"我在海豚背上看到一个电话号码，你也许需要吧，没事了。"

接着是一个号码。

我回复一声："谢谢。"

然后拨那个号码。

"喂？"从手机里钻出来的是一个陌生的女声，我呆了一下，一时不知如何进行下一步。

"你好，"我说，"您是哪位？"

"我是小悦。"她说，"你是谁呀？"

"可能弄错了，"我说，"我在我的一个绒毛玩具身上看到这个号码的。你写的？"

"啊是你呀！我是小悦呀！嘻嘻。我现在在陪朋友吃饭呢，你什么时候回上海呀？记下我的手机号，回上海见面再说吧！BYE！"

F

记忆的片段。

2004 年 8 月 23 日。

"怎么迟到啦？"

"是我忘了，刚想起来就急着往这里赶……"

"唉，算了没事啦。我就是想跟你说，我看中了健康路那家店的一个海豚了。"

"海豚？"

"这个海豚多可爱啊……"

"这个明明是海豹嘛……"

"胡说！是海豚！"

"是海豹呀，你看还有胡子呢。"

"哼！我把它胡子剪了就是海豚了！"

"……"

再见帕里斯

"小姐请问一下这个海豚多少钱？"

"这个？这个不是海豚。"

"对嘛我就说是海豹的……"

"闭嘴！"

"这也不是海豹，这个是海狗……"

"海狗……"

"哼……"

"多少钱呢？"

"这个已经被人订掉了，两周前，8月10日订的货。"

"啊，好遗憾……"

"那只海豚可真可爱呀……"

"是海狗……"

"我说是海豚就是海豚啦……"

"我到上海去找找，这个式样也许会有的。"

"好！我今年生日，你送我这个就可以啦！一定要哦！海豚！"

5

忒修斯

那天，我们打算，私奔。
我爱着她，爱她的一切。
我必须带她离开这个城市。
没有二话。
没有了。

时间：2005 年 2 月 14 日
修向"陈"叙述三年前往事的日子

A

"我买包烟抽。"修对他说。

他点了点头，站在了便利店门外。便利店看店的女孩戴着手套抱着暖炉，正看着电视中重播的春节晚会片段，他注意到女孩的围巾外缀着一个银色的十字架。

修走了回来，递给女孩一包烟和一张十元钞票。

他听到女孩的手拨弄着柜台中那些跳跃的硬币，金属相击的轻响。

修把一支烟递给他，他摇了摇手。女孩坐了下来，瞥了他一眼，伸手把十字架掖进了围巾。

"还是没学会抽烟？"修问。

"没学会。"他说。

"男人不抽烟不算大学毕业。"修说，低头为自己点火，然后喷了一口烟。

"我一直以为你不抽烟的，"他说，"你做那些活计的时候不会烧着吗？"

"伙计，做木雕设计又不是木材厂，还严禁烟火嘞。"

"你知道我不大懂。"

"没事没事，不是想说你。走走，进去吧。"

路旁连绵的餐厅漾出鱼香肉丝的味道。

2005.2.14

115

再见帕里斯

街角的狗漠无表情地看着他们。

路灯像元老院的傀儡议员一样低头凝立。

天空带着冬季惯有的灰色。

他跟着修走着。

修用烟轻轻点狗的鼻子："来来。"

狗跳了起来，怒不可遏地朝修吠叫，亮出了森白的牙齿。修不迭退开几步，他急忙扶住修。

对面餐厅里跳出了一个胖男人，朝修大声怒吼。

修将烟弹落在地，一边冷笑着走开，一边盯着狗："叫，接着叫，过两天把你弄成狗肉煲，红烧了你。还叫，居然想咬我。"

"没事犯不着惹狗呀。"他拉了一下修的袖子，"疯狗咬人的。"

"大冬天的，狗就该给人吃掉，敢咬人的狗更加是死不足惜。要说这是中国不是高丽呢，不然连着狗肉泡菜一顿就进肚子了。"

他们过了马路，走向荷花池浴室。

浴室之侧，便利店门前，年轻英俊的收银员，鼻子上裹着纱布，正用柜台上的电话说话："我知道，我知道今天是什么日子，2月14日，我知道的，现在不成，我两点下工，然后去洗澡，你三点来吧……随你好了，我都无所谓的，别买太贵的……好，好，我不疼了。好，再见。"

"鼻子怎么了？"修问。

"前几天给打了，"收银员说，"莫名其妙地就打我，警察局还

第 5 章
忒修斯

不管。"

"又是你小子暴脾气是吧？为女朋友？你女朋友长得那模样，除了你小子还有人勾搭她吗？"

收银员龇了一下牙，这个动作让他想到了海豹。

"要有人能把她拉走我就谢天谢地了，"收银员说，"谁把她追走我请谁喝酒，不带虚的，要多少我喝多少。真是，醉死都比看着她强。这女人就像我们做电路的时候焊锡用的松香，一开始软乎乎的，一粘上就硬，粘着你不放呀。"

修眼睛闪了一下，咧开嘴哈哈笑了起来。超市柜台边有人喊着买瓜子，收银员做了个示意回头见的手势，站回柜台中。

他跟着修朝浴室里走去。

掀浴室门帘的时候，他对修说："其实这样不好。"

"怎么？什么不好？这浴室不好？"

"不是。"他说，"一个男人背后说自己女朋友坏话，这样不好。当面对人家好，背后说坏话，这不是男人该做的事。"

"那是因为你没有过女人。"修微笑了一下，掀起门帘，"请吧，还得我扶您进去哪？"

"两位老板来了？"浴室的掌台春风满面，亲自起身迎接，"阿修你是很久没来了。"

再见帕里斯

"前段儿感冒了，"修说，"发一阵子烧，咳嗽一阵子，脑仁儿疼。拿些西药通鼻子，又弄了个鼻子过敏。怕生病，一直没来。这不，今天有朋友来看我，叫着一起来了。"

"还是老位子吧？"掌台手持着叉竿跟着。修指了一下，"靠墙的那两张软铺吧。"

他站住了，修拉了他一把。"你的铺。"修说，开始脱外衣。

他坐到了自己的铺位上，抬头看，阳光自高高的窗口泻落，砸在对面的墙上。片段明暗，如斑马的皮肤。被温暖空气蒸熏的手开始热了起来，他揉了揉脸。

修把外衣脱下来，递给掌台。后者提起叉竿，把外衣挂了起来。

修看了看他，拍了下他的后脑勺，"呆着干吗？你洗澡时还穿衣服啊？"

他开始脱衣服。

掌台抱着叉竿看着他。

修给掌台递了一根烟，掌台接了，夹在耳后。

他看到自己裸露的苍白的皮肤，他有些不好意思。

修看着他颀长的身姿从衣服的覆盖下亮相，发出低声的叹嘘："真不错。"修伸手拍了下他的胳膊，他吓了一跳。

"我可不是同性恋。"修笑道，伸手给自己点烟，"希腊人才都

是同性恋呢。你的身材真不是一般好，按说你皮肤这么白，不能够这么结实才对。我见过的身材好的，都是打网球跑步游泳出来的，一身的阳光颜色，就你这么白还这么结实的，少。"

他不露齿地笑了一笑，点了点头。他把衣服脱光了，掌台把他的衣服一一挂上，而后转身离去，一个胖胖的服务生端来两杯绿茶。

修拿起杯子，喝了一口。

"烫！"他喊道，"你先别喝。"

他把端起的杯子放下了。

绿色的茶叶在水中载浮载沉。这植物的残骸，被剥离了生长的母体，保留着绿色的本质，在遇到强烈刺激的热水之下，尖叫呻吟，释放出自己绿色的血液，于是馨香满室。他想。

室内温润的空气使他感到发热，头发刺刺的发痒，他躺在铺上，伸直修长的双腿，按住嘴咳嗽了几声。

"等我抽完这支烟。"修说。将头靠在软枕上，轻轻吐出一口烟，袅袅若画，幻漫地弥散开去。修目注着烟，若有所思地点了点头，"总有一天，我会因为肺癌死去的。"修说。

"开玩笑吧。"他答。

"我想就那么死掉，"修说，"吸烟，吸伤了，吸得肺失去功能。那时我应该还不是很老，脸色苍白，形容憔悴，然后咳出一口血

再见帕里斯

来，像个忠臣良将一样的死掉。我不想活得很老，全身得遍病，身体残缺，形销骨立，面色蜡黄，在床上挺尸。"

"别这么想。"他安慰修。

"这样挺好玩儿的，跟京剧的脸谱一样，小生，脸白净儿的，涂些胭脂红。忽而一口血，鲜血梅花的喷出来，然后就此殒命，死得像个男人的样子。最好还得是一身白袍，那就像桃花扇了。"修执烟的右手在空中轻轻挥舞着。

他不再做声，用手触了一下茶杯壁试了一下温度，又缩了回来。

修将残灭的烟头按灭在烟灰缸里，闭上眼睛，双手缓慢地摩擦了一下自己的颊。死去的烟头余烟不息，青烟盘旋着上升，恍若一个逝者的冤魂。

"洗澡吧。"修说，站起身来。

他们进去时，浴池的水仍保留着碧绿色。那是掌台每天的惯例，在中午放满一池热水之后，加一整瓶的护肤液。

浴池中只有三个人。

两位负责擦背的澡工在一旁长凳上吸烟。

他和修在浴池边坐下。

修伸出脚来，探了一下水温，"还好。"他说。

修坐进了水中，闭上眼睛，发出一声满意的叹息，"好。"他说，"真舒服，你也坐下来好了，水温刚好。"

　　他用热水把毛巾浸透，在自己干燥的皮肤上缓慢擦拭，直到把周身擦湿，而后，他扶着池壁坐进了水里。修睁眼看着他。他面不改色地坐在池中，与修对视。

　　"你蛮在行的。"修说。

　　"在北方，"他说，"常常去澡堂。"

　　"我不知道南方和北方的澡堂有什么区别，"修说，"没注意过。反正冬天，我喜欢来这里。"

　　"嗯。"

　　"扬州人说，上午皮包水，下午水包皮，你知道吗？"

　　"不知道。"

　　"我打朱自清的散文里见的，真的扬州人倒是问过几个，都说不知道这话。这意思就是，上午去茶馆，下午泡澡堂。扬州人就这么过日子。"

　　"挺舒服。"

　　"岂止挺舒服，神仙过的日子呀。所以说十年一觉扬州梦，赢得青楼薄幸名。我是真想去扬州，可是我过不惯江北的日子。"

　　"气候差很多吗？"

　　"不只是气候，雨水，天色，建筑，人说话的声音，饮食，隔一道江，就都不一样了——我还是喜欢江南。"

　　"我也开始喜欢了。"他说。

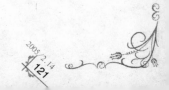

再见帕里斯

"两位老板要擦背吗？"坐在一边抽烟的大汉问。

修挥了挥手，"等一会儿。"

"得泡透了，"修把头转向他，"四肢百骸都被热水蒸了一遍了，汗都泡出来了，全身都酥软了，红了，然后擦背。血液运行一快，全身上下，骄奢淫逸邪魔外道的东西全出去了，就剩下一身的通透。不过不能泡久了，水烫着呢，泡久了就跟林冲一样了。"

"林冲？"他问。

"野猪林鲁智深义救林冲！"尤力掀开浴室帘子，钻了进来。

"你看你这样儿！"修大笑着说，"剥掉一身皮还是这么一回事儿。"

"谁说不是一回事儿了？"尤力伸脚进池，试了试水温，"不错。"

"介绍一下，"修说，"这是尤力，一警察，专门婆婆妈妈地劝人家，解决民事纠纷的。尤力，这是小陈，北方来的一个朋友。"

"好。"尤力说，"就不说什么了，我这人说不好话，幸会啊。"

"扑通"一声，尤力跳进了空空的浴池，展臂开始做自由泳，他颇为羡慕地看着尤力那健壮的上身，说：

"你好，新年好。"

"新年好！"尤力在池的那端说，"这两天可累死我了。"

"怎么了？"修问，"大过年的又有丈夫打老婆了？"

"丈夫都忙着打牌喝黄酒，老婆都忙着串门吃年糕，哪有心思

打架。你以为女人都是属老虎的，跟你老婆那样？过年前一天出一案子，本来不是大事，这两天家属却一直来找，赖在门口不走，弄得我们不痛快。"

"什么案子？新鲜事不？"修问。

尤力一个猛子又扎入了水里，双臂抡动，朝池子这端游来，水花翻飞，几个浴客皱眉。

抽烟的大汉站起来，"哎，那个，老板，池子里不让游泳。"

"什么？"尤力把水淋淋的头钻出水面，闭着眼睛问。

修把毛巾扔在他肩上，"擦眼睛！"

"老板，这池子是洗澡的，不让游泳。"

"晓得了晓得了，我不游。"

尤力把毛巾卷起来放在池壁上做枕，全身浸在水中，轻轻吁气，"舒服。"

"你还没说什么案子呢，"修说，"新鲜事？杀人的？"

"不是，"尤力说，"过年前，咱们这片儿，一个男孩和一个女孩同一天失踪了。说巧也巧，他们俩还是以前的高中同学，现在人家爷娘每天到派出所来问，问找着没，一听没找着就拍桌子瞪眼睛的。"

"这两个孩子多大了？"

"二十一二岁吧，都是大学生。"

"现在的孩子真够浪漫的，玩儿私奔呢，才多大呀！不知道世

2005.2.14
123

再见帕里斯

事艰险，估计就是卷了家里点儿钱就逃走了。出去呆一段儿，钱花完了，给家里打电话让人去接，挨顿训，没事儿了。现在孩子可是真幸福，我们那个时候要这样，非给家里打死不可……你说这两个孩子还没回来？确定是在一起吗？"

"不确定，只因为他们是高中同学，所以猜测可能是在一起，现在一点儿消息都没有。这两天被催急了，正在打印他们照片儿，准备网络上发，让火车站什么的都给找找。"

"乖乖，通缉呀。"修舔了舔舌头，"有能耐，二十一二岁就能天下皆知了，英雄出少年哪。走了几天了？"

"一个星期了吧，"尤力说，"度日如年啊，真是很折磨人的。那两对爷娘都不是省油的灯，每天电话打不停，没事还催着问。我们也只好赔小心。你知道这大过年的，哪里都乱，不容易找。"

"所以说英雄出少年，"修说，"天时，地利，人和，都考虑到了。这一走就是不打算回来了，真是铁了心了。有意思！我以前跟人私奔怎么就没计较到这份儿上？"

他听着修和尤力的对答在郁热的空气中漂浮着，他伸手舀了一把水，洗了一下脸。

"其实吧，"他张口说，对着尤力，后者把眼睛转过来，"现在的孩子都是独生子女，爸妈的心肝宝贝，这么急其实也难怪的。换了我，我儿子丢了我也该急。"

"我就不急，"尤力说，"我儿子那就是一个狗鼻子，我喝一半

的黄酒藏哪儿了，他都能找出来给我喝了。我要是把他往外扔，他闻着味道就能回家来。"

"你儿子几岁？"修问。

"十岁。"

"前途无量。"修说，"将来就是一个活酒鬼，一准是条好汉，南方人这么喝酒的准有出息。"

澡堂大厅里语声仿佛密织的网一般喧嚷起来，拖鞋在地上摩擦的声音渐次明亮。有人掀起了帘子，提着浴巾走了进来。他抬起头来，看一眼进来的人们，男人们的大脚被插入池水中，于是轻声的呼噜开始不断响起。吸烟的大汉站起身来，又喊了一遍："老板，要擦背吗？"

"人开始多起来了……"修说，伸手舀了一把水，按在自己脸上，"尤力，你还没告诉我，出走的是谁家的孩子？我认识吗？"

"俩孩子，男的姓张，女的姓余。"尤力说。

"噢？"修说，"就住这一段儿？"

"是。一个住荷叶新村，一个住吉利小区。"

"等等，"修把头转过去，朝着尤力，神色郑重，"那姓余的女孩儿，该不是，叫余思若？一中毕业的？"

"你认识？"尤力惊诧地看着修。

"哈，哈，哈，哈哈……"修仰头看了一眼雾气缭绕的天花板，而后缓缓地把身体沉进水里，自下巴，至嘴，至鼻，至闭上的双

再见帕里斯

眼——修的整个人沉入了水里。

他则和尤力眼睁睁地看着。

过了一会儿，"哗啦"一声，修的头钻出了水面。他听到了修连绵不断的笑声，"哈，哈，哈，哈，哈，哈，想不到呀想不到。"

"你认识那女孩儿？"尤力问。

"我认识？余思若？浔阳江头夜送客，芦叶荻花秋瑟瑟。枝头有花直须摘，莫待无花空折枝。哈，哈，哈，哈，哈，这丫头，这丫头，这丫头厉害得很。"

"你真认识她？"尤力问，"那丫头什么人？"

"哼哼，何止认识。"修说。

B

何止认识？

余姑娘，余小姐，余小狐狸。

若有所思，呵呵，我太熟悉她了。我现在一闭眼，都能想到她的笑，她那天鹅般的脖子，她的修长的手指，她的嘴唇像花儿一样嫣红。

这小狐狸精，她戴着眼镜的时候闲雅文静，不戴眼镜的时候俏皮活泼，她笑的时候，就像一只猫一样。

为什么我叫她小狐狸？不是因为她是个狐狸精，不，不是的，

2005.2.14

126

她不是一个狐媚子。这丫头是一张瓜子脸，吊眼梢，像京剧花旦一样，瘦脸，嘴唇薄得像花瓣。

我与她刚相识的时候，她的黑色长发散在肩上，脸色苍白。

她的肩膀很窄，腰细腿长，她的脸具有不动声色的妩媚观感，迷人哪。

也许她惟一的缺点，就是脸白得没有血色。

我现在能够回忆起的，是三年前的夏天。

那时我三十五岁。

那个黄昏，我坐在一辆借来的帕萨特里，向老张的太太借的，你知道吗尤力？那个做汽车销售的徐姐。

我在她家楼下等她。

我靠在后座椅上吸烟，眼睛盯着她家阳台。

她家在二楼。

窗玻璃是蓝色的。

阳台上放着一盆水仙花。

那天的云形状像水仙一样，西边的晚霞把云烧紫了，横空的云是一片嫣红色的，那样子像布丁的油画。

烧完的烟灰总是不堪重负地落下，好几次险些烧坏我的裤子。

我穿的是丝绸的裤子，丝绸的衬衣，新皮鞋。

那时我怀里揣着我所有的存款和借来的钱。

再见帕里斯

那时我名声很好，所以很多人都愿意借钱给我。

我把吸完的烟头塞进旁座位上搁的烟灰缸，我知道不能把烟头扔在地上，否则会出麻烦。

我害怕任何一点麻烦。

我不知道我的表是不是准，我那时戴一块朋友从北京帮我办的冒牌劳力士。

她家楼下的洗车店伙计跑过来问我要不要洗车，问了三遍，我挥了三次手。然后，他们开始吃盒饭。那时是下午五点。

后来我就看到她了。

她站到了阳台上。

她穿着一身白色连衣裙，白色的百合花儿一样，那白色几乎可以灼伤你的眼睛。

她在阳台上朝我挥了挥手，慢条斯理地开始扎马尾。

我把烟按熄了，看着她扎马尾。她扎完了，朝我又摆了下手。然后，她消失了。过了三分钟，我看到她提着一个大包，从楼里出来了。

对，你没猜错。我事先和她约定过了，那天，我们打算，私奔。

这并非心血来潮之举，在此之前，我和她有过长达两年的恋爱。

一对年龄相差差不多二十岁的情人。

第 5 章
忒修斯

我爱着她，爱她的一切。

必须用某种具有破坏性的举动，昭示我和她的爱情。

她像羚羊一样温柔的明眸，像鱼一样曼妙的身姿，是不应该每天辗转于公车、学校、空气不良的教室、用粗鲁的词语对话的男生、熬夜用的浓咖啡之中的。她应当生活在一个有阳光，有树木，夏天能听到雨声早晨能听到鸟鸣的地方。

我必须带她离开这个城市。

没有二话。

没有了。

她走过来了。

她开后车门，将那个大包扔在了后座，关门。

我将烟灰缸拿开，她坐在了我身旁的座位上。

"好了。"她拍拍手。

那天的夕阳从车前窗泻落下来。我看着她细巧的鼻尖，柔嫩的脸颊，金丝边眼镜。修长的胳膊伸直，她的手触了一下车前窗上挂的一个十字架。我凑过去想吻她一下，她指了一下窗外。

"门口这些人都认得我。"她说。

"你以后不生活在这里了。"我说。

车子发动了，她抬起头来。我顺着她的目光，看到她正望着那盆水仙花。阳光的角度转过来，水仙花消失在视野之中。她闭

129

再见帕里斯

上眼睛。

我们已经上路。

"吃晚饭了吗？"我问。

"没有呢。"

"先出了市区，"我说，"往南开，先走远了，然后找个地方吃晚饭，这段时间你正好可以让你的胃酝酿情绪。"

她微微一笑。

"想吃凤梨炒饭。"她说，"特别想吃。"

"不急的。"我说。

车子在行人已渐稀少的路上行进。夏季的树阴在已趋微弱的阳光下逐渐淡去，行色匆匆的人们正在归家途中，她凝神望着窗外，单车的铃声不绝于耳。

"听音乐吗？"我问。她点头。我于是播放起《PAGANINI'S DREAM》，几乎带有尖锐意味的小提琴声。

路经一个高中，正是放学时间，涌出的人流和自行车造成了短暂的交通堵塞。我踩下刹车。

"高三生。"她说。

"什么？"

"都是高三生。"她说，"这么晚放学。不过这已经算早的了，市里有的高中是拖到晚上九点才放学的。"

"你以后不用读这个了，"我说，"所以大可以旁观者清。"

"是吗？"她说，"读书总还是要读的。读了十几年书了，猛的一下确认这些精力都白费了，是挺让人难过的。"

人流相对稀疏一些时，我小心翼翼地驱车前进。

她从兜里掏出口香糖吃。

"修，要吗？"她问我。

我摇头。

她慢慢地咀嚼口香糖。

我眼角的余光扫了一眼，她在吹一个荧光绿色的泡泡。

我们被一个红灯拦住了，前方的车如海龟一般排行不动，我叹了口气，将双肘压上方向盘。

"看那车，"她指旁边的公共汽车，"人挤得和沙丁鱼罐头一样。"

"还有一个说法叫挤得和鱼子酱一样，"我告诉她，"俄罗斯人的说法。"

她回过眼来，眼神飞了我一下。"扯吧你。"她笑。

"哎？小若？"

我和她同时转过头来，看到一个戴着头盔坐在摩托车上的男子停在车侧。

她抬头看了一会儿，招了招手，"潘叔叔。"

再见帕里斯

"这个时候怎么不回家呀？"潘叔叔问，"这是你朋友呀？"

"是我爸爸同事，"她说，"爸爸让他来接我去吃饭呢。"

"啊，你爸爸还好吧？上回我跟他说吃枸杞和黑芝麻可以治白头发，他用了吗？"

"挺有效果的，爸爸没事还拿这事说，见面要谢谢你呢。"

"谢什么呀，你见你爸爸代我问个好啊。"

"好好，潘叔叔，绿灯了。"

"哦，那我先走了。再见呀小若。"

"我爸爸给我外婆买药材时认识的一个人。"过了路口，她解释似的对我说。

"噢。"

车子开出了市区，沿途闪过五金商店、发廊、餐厅、服装店、零食店，夏季的暮色鲜明之极地落了下来。我放慢车速。小提琴声依然继续，叶影不断抚摸着车前挡风玻璃。

"我们现在去哪儿？"她问。

"南边的一个小镇。"我说。

"然后呢？"

"在那里过吃凤梨炒饭，过夜，我要给你看我新做的一个木雕。"

"是什么呢？"

"阿佛罗荻忒。"

"希腊的美神？"

"是的，你知道我的模特是谁吗？"

"不知道。"

"就是你呀，你这美丽的小狐狸。"

"噢。"她一副没兴趣的样子，继续咀嚼着口香糖。

"我们还需要一些东西，"我说，"足够在车上吃的食物，饮料，一个旅游用的闹钟，你需要一些美丽的服饰来纪念这次私奔。"

"我今天很累，"她说，"为了不让人发觉，我在学校这一天一丝不苟地上课，记笔记。本来嘛，明明知道这些笔记都没用了。"

"都过去了。"我说，用右手轻按她的膝盖。她微笑。

"刚才那个人，"我问，"和你父亲经常见面？"

"不会的，只是偶尔见到。"

"不会泄露什么？"

"大不了被捉回去，重新高考。"她说。

"而我会被判处绞刑，"我说，"作为对我木匠手艺的赏识，他们会让我自己给自己设计绞刑架。"

夜色下来的时候，我们到达郊南的小镇。在一个供来往长途车餐饮的饭店，我们坐了下来。

"一份凤梨炒饭。"她说。

"凤梨炒饭？"亲自担任服务员、穿着油腻的蓝色布服的老板

反问，身着碎花点衬衣的老板娘在高高的贴满账单、菜名标牌的柜台里凝望着我们，手里拨弄着小型计算器。

"菠萝炒饭。"她改口。

"这里没有菠萝。"老板说。

"那么有什么呢？"她问。

"家常的炒菜啊盖浇饭各种面点都有。"老板娘远远的一口气报道。我轻轻叹一口气。

"你点吧。"她对我说。

"两份米饭，随便炒两个蔬菜。一份回锅肉，一份鱼香肉丝，两听可口可乐。谢谢。"

"先付帐好吗？"

"好。"

她靠在椅子上，抬头打量餐馆陈设：剥落的墙粉，墙角的蜘蛛网，墙上报纸排版般密密麻麻的斑点。

"我不喜欢这里。"她说。

"迁就一下吧，我的小狐狸。"我说。

"有书吗？我闷死了。"

我从背包里取出一本奈保尔的《米格尔大街》递给她，她缓慢翻看。

菜上齐是点菜完毕后半小时，老板娘递来两个纸杯和可口可

乐，我为两个杯子斟满饮料。

"为我们私奔，干杯。"我微笑着说。

"好。"她伸出杯子，沾了一下我的杯子，然后缩了回去，喝了一口，左手翻了一页小说。

"吃东西吧。"我说。

"不想吃。"

"怎么了？"

"没胃口，"她指了一下盘子，"我讨厌花菜。"

"那么吃肉好了。"

"这里的肉不干净，"她说，"我不可能吃这些东西。"

我把筷子放了下来。

"你不开心？"

"是的。"

"怎么了，小狐狸？"

"你不觉得我们很傻吗？"

"傻？从何说起？"

"我们在一个自己制造的语境里，做些自以为有意思的事情。别人看我们，却会觉得我们很傻。"

她的声音有些大，老板和老板娘开始看我们，老板娘年幼的儿子坐在柜台边折纸鹤。另一张桌上，两个男人在用一次性塑料杯喝啤酒。

再见帕里斯

"我知道你不开心，"我用尽可能温柔的语气说，"平静下来好吗，小狐狸。这个世界上不可能事事如意，总有让人不愉快的事。"

"问题在于，"她说，"还根本没有什么令人愉快的事发生。"

"你是说，你在私奔的过程中都没有一点让你感到愉快的细节？"

她偏过头去，看着柜台边，老板娘把手放在孩子新剪的短发上。孩子凝神在折叠纸鹤，已折好的两只做出飘逸欲飞的姿态，搁在柜台上。她的沉默横亘在我们之间，我一时找不到词。

"小狐狸，"我说，"我想，我们之间也许有很多误会。也许我误解了你的一些观点，让你感到不愉快……"

"是的，"她说，"比如，我从来没有喜欢过小狐狸这个称呼。"

她冷冷地看着我，令我感到尴尬。门外传来"啪"的击打声，伴着一个丈夫的怒叱，一个妻子的哭声，柜台旁闲着无聊的老板把头探出门外。

我低头看看桌上，那些失去生命力的蔬菜，那些笨拙的肉类，我想象着它们身为植物和动物时在阳光下跃动的姿态。作为对绿色的陪衬，最好有薄纸折叠的纸鹤。

"那么，你想怎么样呢？"我问。

"送我回家吧。"她说。她靠在椅背上，抬起头来看我。我低下头来。

"你了解我的性格的，修。"她说。

我们走出餐馆门时，天色已经黑了。

老板、老板娘和他们的儿子并排站在门口，目送着我们。她手握着《米格尔大街》，坐进车后座。

路旁，一个丈夫在斥骂妻子，妻子则将脸压在墙上，脊背耸动，哭泣不已。

我将车门关上时，从后视镜里看了一眼她。她将眼镜戴上，低下头读《米格尔大街》。灯光将她的脸照得明暗不定，恍惚之间，似乎她成为了油画的模特。

后视镜框永远地框住了时间。

时间就在她垂下的眼帘之间凝滞不动。

那一刹那间她的美，成为了我永生难忘的回忆。

在昏黄色灯光照亮的夜色之前，我转动了汽车钥匙，踩下了油门。我看着急剧颤抖的后视镜，无法抑制对她的爱。我抬头看了眼窗外，老板的儿子正把他折的四只纸鹤，朝夜空中抛去。汽车向前驶去，我从后视镜里看到那些纸鹤如白色的雪片一般，纷然落地。

一路上我们都没有再说话，她始终沉默着，低头阅读《米格尔大街》。

我看到路边的树在夜色中张牙舞爪，像欧洲木版画中的巫婆。

再见帕里斯

灯光忽明忽暗。有那么一会儿，我以为我闻到了雨的味道，然而事实证明，那是我的错觉。

车子停在她家门口时，夜色已深。我抬起头来，又看到了那盆水仙花。从窗口映出的灯光照亮了她家的阳台。我抬起头看了一会儿，听到她开车门的声音。

"走了。"我说。

她走到驾驶室旁，我摇下车窗。她低头看着我。

"对不起。"我说。

"不是你的关系，"她说，"是我太小了，有好些事，我以为我弄明白了，实际上没有。"

"什么时候再见面呢？"我问。

她吸了一口气，抬起头来，看了一眼路灯，"作为朋友的话，"她说，"还可以再见的。"

她做了一个手势，示意我不用继续说。

"我这一路，"她说，"都在考虑这个。不用劝了，你知道我的性格，有些事情结束了，就回不去了。"

她提着她的包上楼而去，我怔怔地看着她的背影，直到她的白色连衣裙摆消失在拐角处。

我回过头来，看一眼被路灯照亮的后座：奈保尔的《米格尔大街》，依然躺在那里。旁边是一束口香糖，荧光绿色。

第 5 章

忒修斯

　　我按响《PAGANINI'S DREAM》，抬头看阳台。她的影子出现在阳台上，朝我挥了挥手，然后进去了。

　　我看着后视镜，那空空如也的后座，小提琴声的回荡，仿佛是挽歌的轻奏。

　　我想起了曾经看到的电影中，被洗劫一空的印加帝国王宫。在那个场景中，旋律依然还在回响，而公主已经离去。

C

　　"这么说，"尤力说，"这丫头是你的老相识了？"

　　"没错，"修说，"我那时还想和她结婚。现在想起来，真的是天方夜谭，着了魔一样。"

　　"哈，那听着她和别人走了，心里不是不好过？"

　　修从水中长身而起，全身被浸泡得通红，"泡够了。麻烦您，擦背！"

　　尤力微笑着，继续让自己浸泡在水里。

　　修躺上了那木制的长凳，大汉将毛巾绞干，开始在修的背上摩挲。

　　尤力侧头看了一眼，"小陈是吧？"

　　"是。"他回答。

　　"你身体真不错，"尤力赞叹说，"在水里坐这么久，都不见一

再见帕里斯

滴汗。"

"习惯了。"他说。

"以前经常泡澡堂？"

"不知道为什么，"他说，"小时候就不怕冷不怕热的。还是小孩的时候，就喜欢钻进滚烫的澡盆里去，母亲提着我的右脚后跟把我拉出来的，否则也许就呛死了。"

"好身体。"尤力说，闭上了眼睛，"我再泡一会儿。"

他静静地泡在水里，凝望着修在长凳上被大汉摆布的姿态。他将头没入水中一会儿，热水裹遍了他的身体。他感到自己回到了小时候。哗啦一声，水面坼裂，他站起身来。

"差不多了修，"他说，"我冲一下，出去了。"

"好。"修说。

他掀开帘子出去，浴室的伙计迎上来，用滚烫的毛巾为他擦身。被擦干净后，他躺在了自己的铺席上，抖开毛巾盖住身体，拿起旁边几上的茶杯呷了一口。劣茶的苦涩和淡薄的香味令他的口腔觉得清净不少。

伙计凑过头来："要按摩吗，老板？"

"不用了。"

"要吃点什么喝点什么吗？可以叫外卖，面啊盖浇饭啊什么都可以。"

第 5 章
忒修斯

"不用了。"他摇了摇手。

伙计退去。

他躺着,一小口一小口地呷茶水,看着天花板。室内充满了按摩击打人体的噼啪声、招呼声、呼噜声、聊天声,以及挂在墙上的三台电视机三个不同频道的播放声。他眼看着墙上的挂钟,秒针循序渐进地走着格子。

有人推开门进来了。

他抬头看,望到进来的是超市收银员。那个鼻子上裹着纱布的英俊青年,手插在口袋里走进浴室。收银员望见了他,于是走上前来,道了声好。

"你也来洗澡?"出于礼貌,他发问。

"那是。"收银员说,"你洗完了?"

"啊。"

收银员的兜里响起手机铃声,在遭遇不闻不问的十几声鸣响后偃旗息鼓。收银员若无其事地问:"阿修呢?"

"在里面擦背呢。"

"噢。"

又一阵手机铃声响起。收银员掏出手机,按掉,关机。

"那我进去了。"他说。

"你来了?"修掀开门帘,说。

"啊,来了。你洗完了?"

再见帕里斯

"洗完了。我躺会儿，等你出来聊。"修走过收银员身畔，嘴角流出一丝笑意，伸手做势要摸他的鼻子，"怎么了这是？"

"刚和你说了嘛，"收银员坐下，弯腰脱鞋子，"被人打了。"

"被谁打了？"

门一开，几个中年男子走了进来，伙计殷勤地跑上去把豁开的门关上。靠门躺着的几个顾客被突如其来的冷风吹得一阵子哆嗦，急忙拉上被单。收银员把袜子塞进皮鞋里，立起身来，望见进来的几个中年男子中梳短发的一个，眼神定了一下。

"冤家路窄。"收银员说。

"哦？"修伸长脖子，看了过去。收银员默不作声地脱外套、内衣，一古脑儿地塞进衣柜。

修拉他的胳膊，"是那个梳短头发的，穿藏青色大衣的？"

"是。"收银员说，"不想被他看到，我先进去了。"

"好。"修放开他的胳膊，收银员拿着毛巾进了内间。修从他的铺席上扯过一条被单，像阿拉伯浴式的裹住腰，"老张！"他喊了一声。

那个梳短发的中年男子，拳打收银员的嫌疑犯，失去儿子的丈夫，抬起头来，"啊，阿修，新年还没见着你呢，你也来洗澡？"

"是是。"修走过去，接过老张递来的一支烟，从伙计手里拿过一个打火机点燃后扔回，"好久不见了，打从中秋节陪你去钓

2005.2.14

142

第 5 章
忒修斯

鱼，就没碰过头。你太太好？赶明儿去天福园吃鱼排去？"

"过段儿吧，丈母娘病又发了，医生说有麻烦，在中医院挂着呢。"

"吉人天相，老人家冬天咳嗽伤风，过了就好了。"

"这回说是扩散了，挺麻烦的呢。"

"那个呀……"修挠挠头，"那……那是挺难办的……"

"过年不提闹心事。"老张朝同来的朋友们挥挥手，"要说还是这里好，来习惯了，别的贵宾浴场什么的，不如这里舒服。"

"老张您就是这样一妙人儿，"修说，"特懂得享受。"

"人活一辈子就这么一回，不享受舒坦了怎么成？下半辈子另一说了。"

"那可不能这么说，我上次钓鱼就听你们华总说了，您那位令郎有出息着呢，说是年纪轻轻，还在上海上着大学呢吧？就会写小说，还发表，将来前途无量啊。"

"提他呢，养儿子有什么用啊，我是一直傻着。"

"怎么了？令郎过年没回来？"

"走了。"

"走了？"

"跟个女同学跑掉了。小孩子什么都不懂，就跑了。玩儿私奔呢，搞得我老婆每天跟我闹，到现在都没回来。"

"等等，"修的脸色整肃了下来，"您的儿子，令郎，是一中毕业的不是？"

"是啊。"

"姓张？"

"啊，那还能跟他妈姓吗？"

"那女同学姓余？"

老张的脸色也沉了下来，望着他，"阿修，这事你知道？"

修缓慢地抬起头来，看着天花板，仿佛目光能够穿透天花板，直刺苍穹，看到冥冥之中安排一切的造物主。老张听到修的口中喃喃说道："天哪……"

D

"哪位是徐南清？"帘子下伸进一个伙计的脑袋来，喊道。浴客们一起愤然地看着这个脑袋，盖因一阵冷风又漏了进来。

"徐南清有人找！"伙计扯着嗓子喊道，浴客们纷纷互相打量，门旁的几位或喊："关门关门！冻死了！"或跟着喊："徐南清！徐南清！"

"那我先进去了。"老张说。

"好，您慢慢的。"修说，坐回自己的铺席，失神落魄的。

"喂，"他说，"没事吧？"

"没事。"修说，出神地望着前方。

"我是徐南清！"浴间帘子一掀，收银员湿淋淋地跑了出来，

"谁找我？谁找我？"

老张正进浴间，二人肩膀一碰，各退一步，彼此打量了一眼。收银员哼了一声。老张不再看他，自顾自进了浴间。收银员拖了块毛巾擦身子，开始穿衣服，一边喊："谁找我？"

"我们走。"修说。

"好。"

他和修穿好衣服，修走到台前付了浴资。伙计为他们把帘子掀开，修先低头出去，他跟着。

一出门，他就看到收银员和他花枝招展的女朋友对立着，女朋友正在哭，妆被冲得落花流水。

"你都忘了今天是什么日子了……今天是情人节呀……你怎么可以……这样……对我……"

收银员保持着强硬的缄默。

女友伸手拉他的袖子。

收银员把袖子甩开。

"你知道……我以前都没有过男朋友……不知道怎么办，我真的……不知道，我哪里不好，你告诉我……我真的是爱你的呀……"

直到他和修走远，收银员都没有开口。他不断回头看那一对的情况，修则仰头看天。

"求你件事。"修说。

再见帕里斯

"怎么了？"他问。

"我，"修说，"要替汪老板做一个大的木工，他爸爸九十大寿，这个我不拿下来，会被催债的打死的，所以脱不出身。你替我去上海。"

"上海？"

"那一对男女，老张的儿子，余小狐狸精，会在上海。我觉得，是这样的。"

"我去？"

"你去替我把他们找回来，我有余小狐狸精的照片。把他们找回来，替老张把这事解决了。你别误会，我不一定是要和那丫头重归于好，我只是想有个了断，我想见她。"

"好。"他说。

"拜托你了。"修的手放在了他的肩上。

他默默默地点了点头。

"没想到啊，"修看着天边青色的云，嘴角露出了一丝自嘲的微笑，"我真成了忒修斯，她倒先当了海伦。"

6

被围困的特洛伊城

她点头，侧过脸来微笑了一下。

"我爱你，帕里斯。"她说。

"我爱你，海伦。"我说。

时间：2005 年 3 月 5 日

我私奔后的第 27 天

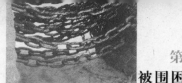

第6章
被围困的特洛伊城

A

黄昏的时候，下起了冰一般冷的雨。雨的声音细细碎碎的从窗外传了进来，让人想起蘑菇丛和花园。

桌上摆放着咖啡杯、绿色的苹果、橘子以及砂糖盒，像是塞尚油画的格局。

我坐在桌边，看着插电咖啡壶逐渐被充满。

我关掉电源，取下咖啡壶。

我听到背后的声响，是她在床上翻了个身。

我从厨房取了抹好草莓酱的面包，连着咖啡壶一起放在床头柜上。

她正蜷缩在被子里，抬头看我。

"你真好。"她说。

"下雨了。"我说。

她坐起身来，伸手朝床头柜摸去。我把眼镜递给她，将咖啡倒入杯子。她双手握住咖啡杯，轻轻啜了一口，"真暖和。"她说。

我递给她一片面包，她右手拇指和食指拈过，用舌尖舔了一下面包边缘的草莓酱，"好吃。"她说。继而咬了一口面包。

门外的邮筒响了一声，我走出门去，望见穿着雨衣的邮差正将雨帽戴好，重新走入雨中。我翻了一遍信箱，然后空着双手回房。她抬头怔怔地看我。

"没有吗？"她问。

2005 3.5

149

再见帕里斯

"还是没有。"我说,"我已经告诉我所有认识的编辑,给我这个地址寄稿费了。到现在,快一个月了,都没有一个人给我寄来。"

她点了点头,小口地啜饮着咖啡,间或咬一口面包。

我坐在了床沿上,伸出手来触碰她的耳垂,她侧头,"痒。"她说。

吃完面包,喝完一杯咖啡后,她抬头看着我,"也就是说,"她说,"我们到现在都没有收入,对吗?"

"是的。"我说。

"还剩下多少钱?"

"我这里……"我摸一下自己的兜,抓出一把散钞。"二十,二十五,七十五……零钱一共是……一百七十三元,钱包里有九百元,那么是一千一不到。"

她点了点头,沉默了一会儿。

"在上海这种物价条件下,"我说,"一千多元可以供我们两个人活一个月。只要节俭一点,那时会有稿费寄来,我还可以和我认识的编辑打打招呼,让他们多给我介绍一点活来做。"

"你真辛苦。"她吻了我一下,"养家糊口的男人。"

"大男子主义的代价。"我说。

"你吃饭了吗?"她问。

"吃了。"我撒谎说。

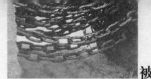

第6章
被围困的特洛伊城

初春的天色，因雨的来临而早早变暗。她望着窗外，雨缓慢地击打着外面的草坪，一只湿淋淋的黑白斑纹猫倏然跳上窗台，朝我搁在窗台上的皮鞋里钻去。

"猫！"她喊道。

我拉开窗户，伸手拿过皮鞋。

那纤细弱小的猫在皮鞋里抬起来头，以无辜的眼神看着我。我捏着它的后颈将它提了出来，被提着后颈的猫看上去可怜巴巴的，四肢无力地垂着，用哀怨的眼神继续打量着我和她。

她伸手从我手里接猫，"猫会疼的！"

"不会，"我说，"被提着后颈的猫不会感到疼。"

我看着下雨的工夫，她开始遛起了猫。出于无聊，我剥皮吃了一只橘子，然后开始削铅笔，用卷笔刀将一支支钝钝的铅笔削至尖细的过程使人愉快。卷下的碎屑，我用橘子皮包好，扔进了废纸篓。

"有人在吗？"敲门声响起，"小张？"

"在！"我说，"哪位？"

我把门打开，一个秃顶的中年男子正在收伞，伞上淋漓的雨水，一路滴在地板上。我将门关上，他已走进了房间。

"王老师，"我说，"下雨天的来，有事儿？先进来吧，雨大着呢。"

"王老师你好。"她抱着猫说。

"小张啊，啊，那个，"王老师对她笑笑，"小余姑娘你好，哎

再见帕里斯

这猫挺可爱的，哪儿来的？哈哈……这个，房子还住得惯吧？"

"挺好的。"我说，"真挺好的，比我上学期住的那房子好多了。"

"是啊是啊，哎，小余姑娘，这猫哪儿来的？"

"刚才窗台上被雨淋着怪可怜的，我把它抱进来擦干净，养着呗。"

"哎呀，这房子可不能养猫，猫这东西特别会糟蹋房子，弄脏了不好办。"

"我常打扫就是了嘛。"

"猫呆过的房子有瘟病，不好再租了。"

"哪会呢，养猫的人家那么多……"

"好了，"我插口道，"别说了。啊，王老师，这猫我们一会儿就送出去，这会儿下雨不能往外扔。您来是什么事情呢？"

"啊，"王老师说，"我是想，来先收一下这个月的房租。"

"不是说好两个月一交的吗？"她问道。

"小余姑娘，主要是，这个月，我们做的那个杂志，有些资金周转。你知道的，《全中文》杂志嘛，呵呵，印刷厂那里说需要加一些钱。你知道啦，这一期我们稿子都做好了，做麦尔维尔的专题。"

"可是合同签的是，两个月一交。"她说。

"小余姑娘，"王老师伸手抹了一下秃顶，"话不能这么说，早交晚交不一样吗？再说了，签合同时规定了要付押金，我都没问你们要呢。这房子，这地段，八百元一个月，哪里找这么好的买卖去呢？"

"王老师您别急，"我微笑着，拉了拉王老师的袖子，走出门外。王老师把伞垂下，水滴在地面画图。

"像我们这样，自己联系印刷厂做杂志，其实也不容易的。小张你知道，"王老师说，"现在纯文学杂志那么少了，我们这样也不容易，你也写东西，知道这个。"

"是是。"我说。我从钱包里取钱，点了一遍，卷好递给他。

"八百元，您点一下。"

"呵，那不必了。"王老师一边以极轻快细微的动作点钱，一边说，"我就知道你小张是明事理的人，写小说的嘛，知道做杂志的苦处。现在流行文化这么低俗化，我们做一些经典的东西，是挺不容易的。但是没办法，志趣所在嘛。麦尔维尔这样的大师，我们是不能看着大家不理会的，他应当获得他应有的尊重，你说对吧小张？"

"是，麦尔维尔确实相当伟大，"我一边开门一边说，"拿《白鲸》来说，多文体的反复展示，可以说是给后来的《尤利西斯》开了一个先河，不过他也是被误读最多的大师之一，我个人是因为读霍桑的缘故才喜欢他的。"

"对对，你说得有道理。哎，小张，你这样的人才，以后可以给我们杂志写点稿嘛，虽然稿费不是很高，但是至少，是一种独立的姿态，来表述自己的爱好……"

"是，我也想着以后有机会给您写点稿呢，王老师慢走哈。"

再见帕里斯

"好好，不要送了不要送了……小张你先回去吧……"

我把门关上，转过身来，看到她怀抱着猫，冷冷地看着我。猫也用同样的眼神看我。我耸耸肩。

"又少了八百。"她说，"你还有多少钱？"

"四百多。"我说。

"你怎么就那么迁就王秃头呢？"

"因为他是我们的房东。"我说，坐了下来，伸手去逗猫，猫怯怯的紧缩身体，"他对这房子有生杀予夺的权利。"

"是他理亏呀，你该和他坚持到底的。"

"也不完全是他理亏，我们确实没交押金。"

"押金是他的权利，他没有执行，是他自主放弃。而现在提早一个月交房租则不是他的权利，我们没有义务执行的。我们有难处，他都不体谅，你跟他客气什么？"

"亲爱的，"我平心静气地抚了一下她的耳朵，"你太认真了，有很多事不是这样解决的，每个人都有难处。"

"只余下二百多了，"她看着我，"怎么办呢？"

我想了一会儿。窗外有孩子吹口琴的声音，单调的音节。"一闪一闪亮晶晶，满天都是小星星……"我随口唱了出来。

"怎么办呢？"她问。

"去试一下问李编辑吧。"我说，"虽然没什么把握，但是总不能坐以待毙，也许今天他心情好就把稿费开给我了。亲爱的，穿

衣服吧，讨到稿费，我们去菜市场买些东西回来做晚饭，打牙祭。"

B

我们撑着伞走在路上，雨不时从侧面打在我们肩上。灰色的天空，树仿佛都是斜着生长的。

"好像世界末日一样。"她说。

"世界末日的时候雨比这大得多，"我说，"还会夹杂电闪雷鸣的表演，大石头也会掉下来，跟西瓜似的。"

"说得好像你见过一样。"她微笑。

我们要去的出版社在一座大厦的十七楼。

我提着雨伞，抬头看电梯闪亮的数字。她从旁边的花瓶中信手取出一朵红色玫瑰花，"好看吗？"她问。

"假花。"我说。

"假花也好看呀，"她说，"谁的小说里的句子？'可以穿越沙漠和海洋，都不会凋谢。'"

"跟假的爱情似的。"我说。

电梯门开了。

"我一个人上去好了。"我说，"你在这里沙发上坐坐，看看报纸什么的。"

"捎带摘些假花。"她说。

再见帕里斯

我进了编辑办公室，轻轻敲了敲门，喊了一声："李老师？"

桌对面的李老师抬起头来，看了我一眼，我将微笑摆上脸庞。

"啊，小张啊！"他亲热地喊道，站起身来，"坐坐坐，近来写什么东西没？"

"近来挺忙的，"我说，"也没写什么。"

"写了东西记得给我看看呀，我现在做几个东西，挺缺稿子的。哈哈哈哈，坐坐，坐下来。喝水吗？不了？那吃饭了没有？要不我们去食堂吃吧。"

"不用了。那什么，李老师，我来是想，能不能把《金属》那本书挑我的文章的稿费，给结一下。"

"啊，那个事情啊，"李老师坐下来，皱着眉说，"你知道，近来社里，财政情况挺紧的，财务不肯发钱。那个，当然，钱当然是要给的。可是，你看，什么事情都得有个顺序，现在是给不了的。唉，我也没有办法呀。"

"可是，"我说，"现在手头挺紧的，房租水电费什么的纷至沓来，连吃饭都快成问题了。其他的稿费都不到，所以只有拜托您来着。"

"那个我理解理解，"李老师连连点头，"可是，社里有社里的状况，这个，很难办呀。我个人方面，我家在装修，也没法挤出钱来帮你呀，真是遗憾遗憾。"

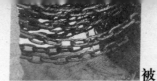

"是吗……"

"所以得等一段时间。真的是，我也知道，这稿费，你也等了一段时间了。可是，你知道，我们都是唯物主义者，这里面，有个客观原因和主观愿望的因素在里面，在发挥主观能动性的情况下，必须以尊重客观规律为前提……我知道你等这个也等了一段了，几个月了吧……"

"差三个月一年了。"我说。

"是是。那不是因为出版社改制，财政状况一直没稳定下来吗？你要知道呀，出版社改制，这是个全国性的事情，哈哈，真是不容易办的。我是非常过意不去的，这样，等财务处批钱下来了，我一定，第一时间，把钱汇给你。"

"那，"我说，"谢谢您了。这样，那我先走了。"

"吃饭了没有？我一会儿下班了，到我们食堂吃顿晚饭吧。"

"不了。"我微笑，"下面有人等着呢。"

电梯到达一楼时，我看到她坐在大堂的沙发上，把玩着一个垫子，玫瑰花横在茶几上。她抬头看到我，微微一笑。

"多好看的垫子，"她说，"看上面的花纹，莫里斯时期的，维多利亚后期遗风。"

我点了点头，她察言观色。

"没要到钱？"她的笑容摇摇欲坠地挂在了嘴角，缓慢敛了。

再见帕里斯

我再次点头，在她身旁坐下。

"怎么办呢？"她问。

我摇了摇头，轻轻拈起玫瑰花，凑到鼻端闻了一下。这妩媚的假花，带有一股塑料味儿。

"我们眼下怎么办呢？"

"去菜市场吧，"我说，"我们得吃顿好的。"

"还吃？"她问。

我点头。

"要不买点水果，家里还有沙拉酱，做点沙拉吃算了。"她说。

然后她看到我侧向她的笑脸，她不再说话。我挎起她的胳膊。

"我们要吃正宗的全麦粉面包做的三明治，法式的葱爆羊肉，罗勒和紫菜苏搅拌后的意大利面，可以考虑加一点梅菜扣肉作为佐餐。你想喝什么样的威士忌？"我右手握着玫瑰花，一路走一路问。服务台的小姐以诧异的眼神打量我，直到我们自旋转门出去，她依然隔着玻璃门看着我。

"究竟吃什么呀？"她问。

"先去菜市场买点荤的再说，"我说，"我们有四天没吃到肉了。"

C

菜市场永远充斥着各式各样的声音和人群。

昏黄的灯光下，色彩的潮流将我们围裹其中。

我们沿着潮湿的小径，左顾右盼着沿路的菜贩。蔬菜、鸡蛋、豆腐、水果、熟食以至于已被或即将被剥夺生命的动物，无不挣扎着释放出最后的生命活力。菜场上空于是充斥着令人食欲大开的怪味儿。

她颇为轻车熟路的沿路问着菜价，"这豆腐多少钱一斤？""这番茄新鲜吗？""鱼呀，这鱼煮起来腥气。"诸如此类。

"其实现在来不是时候。"她说。

"怎么？"我问，"难道这个还有什么学问？"

"我妈教我的，"她自鸣得意般说，"买菜就得选临散场的时分，来挑三拣四一般，让人觉得自己的菜都没资格摆出来卖，然后杀价买进。就这么回事。"

"听上去和资本家投机取巧的套路相似。"我说，"地主劣绅巧取豪夺，没什么好下场的。"

"利益最大化嘛，"她无所谓似的说，"我是学心理学的，知道怎么跟人打交道。"

"我学经济学的，各有所长，"我说，"经济学讲究价值规律，如果一个东西卖一定价格，肯定有其道理，比起其他货物一定有其长处，否则在市场竞争下就无法生存了。"

"你总是理想主义。"她叹气。

"随你说。"

再见帕里斯

我在一个杂货店前停下脚步，低头看柜台。站柜台的是一个女孩子，看年纪大约是高中生，正聚精会神的用彩纸折星星，每折一颗就投入身旁的一个瓶中。

她走到我身旁，低头看。"看什么呢？"她问。

"米粉。"我说，"我小时候就爱吃这个，婴儿适合型食用米粉，拌了糖用热水一冲，味道特别好。"

"你现在该不会是想吃米粉吧？"她又好气又好笑。

站柜台的高中女生莞尔一笑，站直身子，"谢谢光临，请问需要拿一包吗？"高中女生问。

"我倒是想为我未来的儿子买一包。"我说。

"瞎说什么哪？"她拍一下我的后脑勺。

高中女生抬头打量着她，若有所悟般笑。

"你别理这家伙，"她对高中女生说，"他没句真话。"

"这不是孩子的名儿都起好了嘛！"我嚷道，"就叫张牧云嘛。"

"挺好听的名字呀，"高中女生说，"跟《花样年华》里的男主角一个名字。"

"同音不同字。"我说，"放牧的牧，白云的云。张牧云。"

"他开玩笑呢。"她对高中女生笑笑，拉着我打算走开。高中女生好笑似的抿嘴，我指了一下柜台上的瓶子。

"这个星星卖吗？"我问。

"你要呀？"高中女生说，"我送我男朋友的。你如果要可以

送你两颗。"

"谢谢了。"我说,"我替我的长子谢谢你。"

我从高中女生手中接过两枚蓝色的纸星。撇了撇嘴,朝高中女生一笑,拉了一下我。

"你真是人来疯。"走远了之后,她说。

"我怎么了呀?"我问。

"张牧云。你怎么编出来的?"她摇头。

"我一直想我将来如果有儿子,就起这个。"

"我喜欢女孩儿。"她说。

"还没过门呢,你就琢磨这个了?"我打量她,她打了一下我肩膀。

"你这人就爱贪图嘴上便宜……逛了半天,你想好买什么菜了吗?"

"鱼。"我说。

"哎,那两颗星星给我。"她说,我伸手入兜,掏了递给她,她小心翼翼地收了起来。

鱼摊前坐着几个抽烟的男子。

眼前铁皮制成的简易鱼塘内,灰白色的鱼儿眼神茫然地彼此擦身而过,游弋不休。

一个四岁大的孩子站在一旁,用管子朝着水中吹气,如螃蟹

再见帕里斯

吐气般的水泡连绵不断地在水中出现。

我蹲了下来。

"要什么鱼？"一条黑熊一样的大汉在我的对面隔水蹲下，我抬起头来，看到他的脖子上挂的金晃晃的"出入平安"符。

我朝他微笑一下。

"有什么骨头少的鱼吗？"我问，"想炖汤。"

"炖汤呀，"大汉说，伸手从水中捞起一尾鱼，柔嫩雪白的鱼腹肌肤在他的手下如纤弱的女子手臂，鱼尾徒劳无益地在空气里摆动，"这种鱼炖汤最好了！"

"骨头多吗？"我小心翼翼地问，他皱皱眉。

"也不多。"他说，"鱼嘛哪有没骨头的，没骨头的那是蛇啊蟮啊那些东西。"

"我怕有碎鱼刺的鱼。"我说。

她在我身旁蹲下。

"有鱼头卖吗？"她问。

"要鱼头？"大汉问道，她点头。大汉将手中挣扎不已的鱼放归水中，鱼如蒙大赦。大汉端详了半天，捞起一尾头部颇为巨大的鱼。

"这条好吗？"

她站起身来点了点头。大汉把那条鱼搁在了案板上。

我抬起头来，望见菜市场外，细雨缓慢地下着，成列的树木

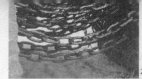

一片灰色。幼小的孩子把纸折成的飞机放飞，洁白的纸飞机划着抛物线不断落到潮湿的地面上，随即沾染上肮脏的灰色。

我回过头来，看到大汉已经把鱼的脑袋与它的身体分离。鱼鲜红的内脏和稀薄的血液流淌在砧板上，目光茫然。大汉娴熟地将之切割完毕，拿过一个塑料袋裹好，将之递过。

"三块钱吧。"大汉说。她点了点头，从兜里掏出三个硬币，接过塑料袋。

"走吧。"她说。

"那条鱼死不瞑目呢。"走出几步，我说。

她让过迎面飞来的一架纸飞机，看了看我，"鱼都是不闭眼睛的。傻瓜。"

"鱼的身体怎么办呢？"

"有人当肉段买，如果卖不出可以用盐腌了吃。"她轻松地说。

"买鸡蛋。"我说。

我和她在一个妇人的箩筐里挑了几个鸡蛋，我注意到另一个箩筐里放了一些残破的鸡蛋。

"那个箩筐里是什么呀？"我问。

"坏掉的，碎掉的，还有太小的鸡蛋。"妇人拈出一只乒乓球大小的鸡蛋，"像这样的。"

"就扔掉吗？"

"是。"

再见帕里斯

"这个小鸡蛋送给我吧。"我说，妇人笑了。

"好。"她说。

我和她踩着满地的纸飞机往菜市场外走，仿佛踩着落叶的沙沙声。我撑起伞来。

她看了一眼手里的塑料袋，"番茄，豆腐，鱼头，鸡蛋，葱。"她说。

"还有这个。"我将手中的乒乓球式鸡蛋给她看，她莞尔一笑。

我和她撑着伞走在路上。细雨被风吹拂着，不断落在她的长发与眼镜片上。她摘下眼镜藏在包里，挽着我的胳膊。

"怎么停下脚步了？"她问我。

"看到一个童装店。"我说，"先是想起小时候了，然后想起些别的。"

"呵，难道是想到了我们家张牧云？"

"对的。"

在 CD 店的屋檐下看到一个小贩，神色忧郁地望着雨天，手推车上堆满花盆。我走过时看了一眼。

"要买花儿吗？"商贩问。

"怎么买法？"

"下雨了没法摆摊了，都按最便宜的算，你要买什么我给你

挑。"小贩可怜兮兮地说。

"有香的花儿吗？"我问。

"有有，"小贩取过一盆看上去颇似仙人掌的绿色植物，"这
个，这个特别香。"

我和她交替用鼻子闻了半天，毫无收获。

小贩补充说："这个叫碰碰香，得你碰它一下，它才会发出香味。"

"和含羞草一个原理吧。"她说。

我试着触碰了一下，自己闻过，而后让她也闻一下。她微笑。

"苹果的香味。"她说。

"多少钱？"

"五元。"

我递给小贩五元纸钞。她郑而重之地拿过花盆，用鼻子轻触，
然后嗅了一下。

"甜香味儿。"她说。

"是不错。"我说。

D

两张百元钞票，三张二十元钞，一张五元钞，三个一元硬币，
一个五角硬币和四个一角硬币。将这些都摊在桌上，让人想起美
国西部牛仔片中分赃的情景。

再见帕里斯

厨房里传来她哼歌的声音。

我将所有的衬衣口袋和钱包夹层一一翻遍：过期火车票、出租车票据、记有电话号码的纸、口香糖，除此以外，一无所获。

猫在桌的尽头，似梦似醒地趴着，眼神依稀朝向我的方向。

"吃饭了。"她隔着门说。

我把桌上的钞票一一叠好，塞进口袋。将其他的废纸扔进纸篓，将口香糖搁在茶几上，将猫抱到床上。猫顺从得很，一躺下就睡着了。

她端着《亚历山大之海底王宫探秘》画册当作托盘，上面放着五只碗。我看了一眼：鱼头豆腐汤、番茄蛋汤、番茄沙拉，两碗米饭。她将筷子"啪"地放下，坐了下来，双手支颐。

"不错吧。"

"很好看，闻上去也香。"

"那吃吧。"

我将彩色纸星搁在玻璃杯里，插入虚假的永葆青春的玫瑰花。

窗外的雨声让人想到有螃蟹的沙滩。

我们在玫瑰花的阴影下缓慢吃喝。

谁都不做声。

"好吃也不夸一声？"她问。

"准备吃完了一并夸了。"我说，"吃一口夸一句显得不诚恳。"

我低头吃着。

她伸手到床头柜，摸索了半天，拿了本植物画册。

"碰碰香，仙人掌科植物……原产于非洲南部……会发出苹果香味……原来还真的有这种东西……"

"是挺好玩儿的。"我又用手指刮了一下，然后闻一下，"很增长食欲。"

搁在茶几上的手机响了起来，我顺手拿过来，看了一眼：是父亲。

我按掉来电，关掉手机，顺手扔到床上，继续吃喝。

"是家里人？"她问。

我默不作声，她不再说话。

我们吃罢了饭，将两碗汤喝干，她将番茄沙拉吃掉，我递给她口香糖，她将碗筷收拾回厨房，折身回来。我将玫瑰花杯搁在窗台上，新买的碰碰香旁。我又用鼻子触了下碰碰香，雨声萧萧中，闻到沁人心脾的馥郁味道。

"今天吃饱了，"她说，"又一天对付过去了。"

"是。"我说。

"接下来怎么办？"她问。

"接下来是把口香糖嚼到没甜味儿了，然后吐掉。"

"我是说将来，我们怎么过日子呢？"

"应该会有稿费来的。"我说。

再见帕里斯

"你没去学校报到过？"她问。

"都逃出来了，爸妈肯定会去找学校，我不能去报到。"

"那就退学了？"

"是。怎么，你还没明白吗？你也是，我也是，我们都无法回到学校、无法回到过去那种生活环境中了，你觉得我们还能回去吗？"

她呆呆地看了我一会儿，那眼神像僧侣在幻想他的前生。

"没有，只是听到你这么说，才确认了一下。"

我把手按在她的手背上，她的手像死鱼一样冷。

"退学，离开家，跟学校没有关系，接下来，就是靠我们自己的力量生活。跟外界那样牵牵绊绊枝枝蔓蔓的关系也就一清二楚了，这是我一直梦想的状态——自由，你觉得不好，是吗？"

"挺好的，"她说，"可是……"

"说吧，"我说，"我觉得你一直有情绪。"

"真的，非得这样吗？我们不可以慢慢地谈恋爱，分开两地的联系着，然后等到毕业，我们再到一个城市去，再在一起。跟爸爸妈妈说清楚，你的父母和我的父母，都不是很古板的人。"

"你说得当然有道理，"我说，"然而我觉得，我等不了了。我在这样凡庸劳碌、不自由的生活环境中已等得太久，我不想再这么生活下去，我以为你是乐意这样的。"

"你来我楼下，打我电话，然后要跟我私奔。我收拾了东西，

就立刻跟着你坐车，冒着雨，去了火车站。"她说，"一个月了吧。我那时说过什么吗？我没有后悔。可是，仔细想一想，我们就这样，一下子，跟以前的生活，都决裂掉了。走一步就是一步，走不回去了。我们怎么样下去呢？你那时都没有想过？我以为，我只要依靠着你，就会好的。"

"我说了，我想的是，先熬过这一段，等着，然后，会有转机的。"

"可是我们等了很久了，你等的稿费一分都没有到。"

"如果都到了的话，几处的稿费大概能有一千多两千的样子。"

"一千多两千能让我们活多久呢？"

"付掉房租，还够我们活一个月，这一个月我就能想办法多赚一千两千。"

"再然后呢？一直这么一个月一个月地熬下去吗？"

"接下来会是春天的到来，"我说，"雨会停止，天气会转暖，我们在吃方面的开支会减少。我们能够慢慢省下钱来，我去找一些事情做，然后一切会稳定下来。"

"你就是这么考虑的？考虑到春天？"

"是的。"

"今年年底呢？明年呢？后年呢？"

"没来得及考虑。"

"你知道这是什么吗？"她站了起来，"这是生活，生活！我们的一生就这样？精神，连温饱都无法保证下，你还能够谈论你

的浪漫和自由吗？你的精神？"

"亲爱的，"我说，"一生很长，我们会经历许多许多变化，现在说什么都为时过早，静下心来吧，别去想明天。"

"就这么糊里糊涂的混一天算一天吗？"她问。

"这不是糊里糊涂，我相信我们比这个国度的大多数人活得有趣。"

"有趣就是必须精打细算苟延残喘是吗？你的幽默感倒与众不同。"

我抬起头来看她，她的眼神咄咄逼人。我默默地伸出手去，触了一下那仙人掌科植物的躯体，然后闻了一下。

"你也许一辈子都这么莫名其妙。"她说，"就打算这么糊里糊涂地过一辈子？你想过哪怕一点点实际的问题吗？你觉得这个世界上的人都得为你铺路垫脚吗？你当生活是电影还是小说哪？"

我转过头去，她站起身来，走到桌旁，将口香糖吐进纸篓。

"你那么迷恋自己的那些行为举止，以为那是浪漫主义，那是金科玉律。可是你不过是活在自己的生活里，把这些都美化了、镀金了。你觉得好玩儿，别人却觉得你傻。你不觉得吗？"

"海伦，"我说，"你后悔了？"

"别再叫我海伦！你充其量就是在玩自恋，你觉得浪漫是吗？海伦，帕里斯，私奔。好玩是吗？你就不能从你自己的蜗牛壳世界里钻出来一下吗？假的，都是假的！你活在假的氛围里，都是

你自己虚构的！我后悔？我那时义无返顾地跟着你走出来，一个月了，我不是冲动的！我以为你可以给出一个正确的生活答案，可是你没有！你除了把生活吹嘘得五彩缤纷，把现实搞得一团糟，什么能力都没有！"

我回过头来，看到她倚在桌边，冷冷地看着我，像是猫注视被它咬伤的动物。

我慢慢伸出手来，抓住窗台上的玻璃杯，然后尽最大的力气将它砸到地板上。"哐啷"一声，玻璃杯碎成两大块以及犹如星辰一般的碎屑，玫瑰花和纸星失去生命力一般横陈在地板上。猫霍然惊醒，发出"喵"的凄厉尖叫。

我和她站着，互相对视。

猫叫了一声之后，竖起耳朵，蜷起身体，用茫然的眼神打量着我。

雨声萧萧。

有那么一阵子，让人觉得犹如到了南美丛林。

我坐了下来，拿过一张白纸，开始折飞机。

她看了我一会儿，然后转过身去，在床上躺下，拉过被子来裹住自己，将猫抱在怀里。

E

再见帕里斯

她从床上支起身子，是午夜时分。

猫从她怀里游走而去。

她看了一眼我放在床头柜上的咖啡杯，然后迎上我的目光。

雨已经停止，窗外传来呜呜的犬声。

她喝了一口已经凉掉的咖啡，然后又看了我一眼，继而将目光转过，落在了收拾好放在地上的行李上。

"我想到了一个去处，"我说，"朱家角镇那里，我有一个姓管的朋友住着，是个读古书的人，为人很帮忙。我刚才和他通过电话了，明天我们动身去那里，我试着看看他能不能帮我找到一些门路，或者借一点钱。你觉得呢？"

她不说话，掀开被子，打了个喷嚏，穿上鞋子走到我身旁。

我坐在桌旁，抬头看她。

她伸手搂住我。

"别生我的气。"她说，"我就是这种脾气，控制不住的。对不起。"

"没事的，"我说，"真没事。"

"好啦，"她站开两步时，脸上已经带了笑意，"我已经和你道过歉了，你什么时候和我道歉呢？"

"现在就走吧，"我说，"先去人民广场那里的车站，因为也许一会儿还会下雨，下过雨后的空气估计蛮清新的。"

我换上棒球帽，穿上藏青色外套，把夏天戴的有NIKE标志

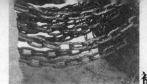

的棒球帽戴上，帽檐压到额旁。

"但是会很冷，为什么一定要去那里？"她说。

"一，我想尽快有一点转机，再这么耗下去，坦率地说，我们都会疯的。二，我觉得在这个房间里会让你我压抑，我们就当是一次郊游好了。"我说。

初春的夜晚依然很冷。

我搂着她的肩，听着她像猫似的打喷嚏。我们沿着潮湿的路走，不断跳过积水的洼地。黑暗中的沿街的树，犹如潜伏的刺客。

"便利店。"她指了一下。

一个社区的小便利店成为了这条街惟一的光源，隔窗望去，一个纤弱的女孩儿在柜台上睡着了，狭窄得无法转身的店面中横着两排货架。

我和她推门进去，了无声息。

女孩儿趴在柜台上毫无动静。

我们蹑手蹑脚地在货架间行走。她抱着那盆碰碰香，不时用鼻子触一下，然后嗅一下。

"需要些什么？"我低声问。

"蛋糕，饮料，最好有些零食。"她说，"怎么就她一个人看店？"

"平时有两个人，"我说，"半夜里嘛，老板为了省工钱，就她

再见帕里斯

一个了。"

我选了几份奶油蛋糕，罐装咖啡和橙汁各两罐，三包蔬菜味薯片，两支口香糖。

"推门。"她说。

"这算盗窃。"我说。

她似笑非笑地看我。

"就是的。"她说。

"你从一开始就这么打算的？"我问。

"没错。"她说。

"要是那个女孩醒过来呢？"

"小店，谁都不会注意被偷了这些东西，她如果醒来我们改明抢。"

我和她将货品塞进塑料袋，推开门离去。期间她一直看着女孩儿的反应：女孩儿始终酣睡不醒。

我们到了店外，她说了声"等等"，又转身进去了。

我莫名其妙地隔着玻璃门看着。

她走到柜台旁，拿过柜台旁女孩儿的大衣，轻手轻脚地替她披在背上，然后将两颗彩色纸星和一只纸飞机放在柜台上女孩儿脸侧。

在观看这一切时，我的余光扫到了货架角落。那里是一堆廉价工艺制品，我的眼光触到了一个木雕。我敲了一下玻璃门，她

174

回过头来，我指了一下那个木雕。

"她会感冒的。"似乎是为了解释，她出门时对我说。

我点头。

"为什么拿这个？"她举起木雕问。

那是一个跪着作祈祷的女子木雕。

"你忘了？"我问。

"忘了什么？"她说。

F

在公车站等车时，车站只我和她两个人。我们裹紧衣服，她冷得牙齿打战。

"我这一辈子第一次做贼。"我说，"你知道吗？"

她看了我一眼，然后转过头去，淡淡地说："其实我也是。"

"嘿，"我朝她举起木雕，"真忘了吗？"

"忘了。"她说。

"忘了什么？"我问。

"忘了他第一次送给我木雕时就是这个造型。"她说。

我们不再说话。

我开了一罐咖啡开始喝。她则用鼻子触了一下碰碰香，然后开始嗅。

再见帕里斯

好一会儿。

夜行的出租车从我们身旁掠过，我听见她牙齿打颤的格格声。

我拆开薯片袋子，为她开了一罐咖啡，递了过去。

"干杯。"我说。

她点头，侧过头来微笑了一下。

"我爱你，帕里斯。"她说。

"我爱你，海伦。"我说。

7

再见帕里斯

我们都姓张，
将来生下的儿子也姓张。
这样我们的香火都能传下去啦。
不好吗?

时间：2005 年 1 月 28 日
爱上余若思的第三天

第7章
再见帕里斯

A

"你睡着了吗？"她问。

"睡着了，在做梦呢。"我说。

"做的什么梦？"她问。

"我梦见了河马，河马躺在非洲的河流之中，周围是巨大的树丛和灌木丛。河马的背上，站着一只小鸟。"

"接着说。"

"阳光很亮，河水里有绿色的藻类植物，小鸟在帮河马啄背上皮肤褶皱里的小虫，让它不至于皮肤发痒。"

"就这些？"

"就这些……你有没有考虑过啄一下我的背，其实我的背很痒。"

黑暗中响起了"啪"的一声。

"我是背痒，不是脸痒。"我说，"这么冷的天，我脸上也不可能有蚊子。"

她不再做声，翻过身去，裹紧被子。

我望着日光灯的躯壳，一如在阴面的不发光的月球，在黑暗中泛着青冷的颜色。身旁的女孩儿呼吸均匀，显示出她的疲惫。我伸出手来，触了一下她的背。

"数学课代表。"我说。

"嗯。"

再见帕里斯

"你饿吗？"

"饿。"

我按亮了台灯，穿上厚毛衣和外套。我的脚在床沿的木地板上划动，找我那双绒布狗一样的拖鞋。

几秒钟后，它们温柔驯服地依偎在我脚边。

我站起身来。

我推开房门，按亮厨房的灯。

她咳嗽了两声，声音沿着曲折的门廊传了过来，好像树木被锋利的刨刀刮起刨花的动静。

我拆开了一包韩国产泡面，将锅装满一定分量的水放在煤气灶上，点火。午夜的煤气灶似乎拒绝合作。火星爆裂，然而不至于燎原。我从窗台上拿过火柴，"嚓"的一声，火柴被擦燃。锅底下亮起了蓝色的火焰。火柴绛红色的头部已被火苗侵蚀，柔和的火焰在不断浸染火柴的木杆，我轻轻吐出一口气将火吹灭。死去的火柴被扔在了纸篓中，青烟袅袅，黑色如石墨般的灰烬。

她的咳嗽声再次响起。

"你吃辣吗？"我问。

"不要了。"她说。

我将面和汤舀入两个瓷碗中，拿了两双筷子。

厨房里有番茄和煮好的鸡蛋，我将番茄细切，撒上白糖。煮鸡蛋剥好壳放在碟子里，加了五滴醋。

拿过一本厚得如电话簿一样的《亚历山大之海底王宫探秘》画册作为托盘。

在这期间，冬夜的寒气让我打了个喷嚏。

隔着薄薄的墙壁，能够听见隔壁人家肥皂剧的播放历程：一个女子喝醉了，另一个男子在挑拨她与前男友的关系，而那女子忠贞不渝。

我从水果篮里拿了两只苹果和水果刀，然后托着托盘走进房间。

她坐了起身，眼神涣散，朦胧地望着我。

我将画册放在茶几上，为她取来眼镜。

台灯上方，几只蛾子展开细巧透明的翅膀，来往飘飞，掩映着澄澈暗黄的灯光。她看着画册上的碟子和碗，轻轻叹了口气。

"有音乐吗？"她说，"忽然想听音乐了。"

我把画册搬到床上，她端起碗来，吃了一筷面，夹起煮鸡蛋嚼了一口，然后喝了一点面汤。我坐在床沿，将笔记本电脑搁在膝上，开机。立柜的镜子倒映出的样子，我的脸被电脑映蓝。我听见她在背后吃面的声音，好像丛林中的鼹鼠咀嚼树叶。

"想听什么音乐呢？"

"随便吧。不想太安静了。"

我点了迈尔斯·戴维斯《297 Une trompette–Un Souffle》，随即响起《圆形午夜》。爵士小号慵懒轻暗的旋律像折叠的暖色系亚麻布，在房间里缓慢铺展，流转不居的调子。

再见帕里斯

我拉开了一点窗帘，穿行于云间的月亮摇曳抖落一片光华给夜幕洒上了一层银色的粉末，好像白色的灰屑散落在笔记本上，字迹模糊。许是光的缘故，窗外的草坪被敷上了一片透明的银灰色。有猫迅疾穿过的踪迹。

"你做面挺不错的。"她说，把一只空碗放在床头柜上。

"其实我从小就被称为张师傅。"我说，"还要吃吗？"

她点头，我把另一碗递给她。她看着我，"你呢？"

"我不饿。"

她点头接过，用筷子在面汤中轻轻搅动。我搬过一张圆凳坐下，用水果刀削苹果。《圆形午夜》结束，取而代之以《盐花生》，原本优雅圆润的节奏变成了跳跃不已的咖啡馆夜舞风格。

她吃罢面，看了一眼番茄。

"你不是不吃番茄的吗？"她问。

"以前是。"我说，"前天回来就备好了。"

"你吃吗？"她问。

"不吃，"我说，"我还是不爱吃番茄。"

"那为什么买呢？"

"因为知道你要来。"我说，"想让你觉得宾至如归，然后就乐不思蜀了。"

她伸出手来，我不动声色地任她的手指轻轻抚了一下我的脸。我凝神看着苹果缓慢的皮肉分离，刀尖在电脑屏幕的光照下映出

第7章
再见帕里斯

森严的光芒。

"脸还疼吗？"

"好一些了。"我说，"家里没药，抹了点藏红花油，不知道有没有效果。我倒是知道藏红花是治妇产科疾病的。"

"很好吃的番茄。"她说，"你亲手挑的？"

"没有。我跟卖水果的阿姨聊天，聊到后来她喜欢我了，就由她给我挑了，还便宜了我不少钱。"

"多少？"

"说原价是四元一斤，现在卖我三元五。"

"小傻瓜。"她微笑着叹气，"市面上最贵的番茄也不过三元二。"

"你不该告诉我的，打击我自信心和心情了。"

"是吗？"

"是的，本来只差几角钱而已，你这么一说，我既亏了几角钱，心情又变糟糕了。"

"只是不想你被人蒙着而已。"

"这种性质的被蒙也不会产生什么伤害的呀，"我说，"至少心情不错。几角钱换个好心情，挺值得的。"

她吃完面和番茄，从搁在床头的皮包中取出纸巾，擦嘴，揉成一团，扔进纸篓。我抬头看着她的手指完成这一切的动作，轻盈利落。蛾子依然在台灯之侧流连不去。

"看什么呢？"她问。

再见帕里斯

"蛾子。"我说，指了一下那翩翩来往流转不居的小东西。

"好奇怪，这个季节还有蛾子。"她说，"冬天了。"

"也许因为台灯旁比较温暖。"我说。

我吃掉了自己的那只苹果，将餐具收拾齐了扔在厨房的水槽中。回来时，她又已躺下，将身子裹在被子中，她的眼睛隔着镜片看了我一会儿。

"要苹果吗？"我问拿着另一只未削皮的苹果，"切碎了做沙拉？"

"你有沙拉酱？"她问。

"有草莓酱。"

"好好的苹果弄成草莓味，好像有些傻。"

"那算了。"我说。

她又躺下了，犹如被捞上来的海豚，听天由命似的看着天花板。我将餐具收拾好，放回厨房。隔壁的肥皂剧，原本坚贞不渝的女子已经和奸夫双宿双飞。

我站在窗前，看着月光下的院落，开始吃鸡蛋。吃到第二个鸡蛋时，隔着薄薄的板壁，我听到了她手机明亮的音乐声——《站在东山顶上》。

"是我……我没在学校，我在上海……是。我在睡觉……你不用这么说，我告诉你……真的，不是你的错，可是……"

隐约的对话声。

我走进房间，背靠着门看她。

她飞快地瞥了我一眼，"是这样，我不想见你，你不要来，你来了也找不到我的。不是你的错……我知道，别说了，真的，你别骗自己……我知道，我知道你爱我。可是，你不可能跟以前一样的了。一个男人跟一个女孩在一起五年之后分手，他不可能再对别人那么爱了，我不要这样的感情……别说了，对不起，不是你的错，是我不对。我接受不了……"

我悄无声息地拿过苹果，坐在她身边开始削。

她飞了我一眼，我对她微笑了一下，她点了一下头，又垂下眼帘。

不戴眼镜的她，看上去似乎多少俏皮灵敏些。

"我觉得我把该说的都说了，很遗憾……是这样，不用再打了，我情绪不稳定，这样对我们都不好，拜托了，真的，别这样了……好的，我知道的。你自己照顾身体，再见。再见吧，我挂了……别这么说。挂了，再见。"

她将手机搁在枕旁，右手撑着额头，许久。

我将削好的苹果递给她，她轻轻说了声谢谢，伸出手来接，我触到她冰冷的指尖。

她眼神呆呆地望着窗外月光下的树，无意识般咬了一口苹果，轻轻的"咔嚓"声，苹果汁液的清香味道。

"你男朋友吗？"我问。

"不想告诉你。"她说。

再见帕里斯

"那好。"

播放曲目到了《爱或离去》，我眼睁睁地看着月光逐渐偏移。
她将吃完的苹果核扔进纸篓。

我看着她的动作，默然无语。

台灯旁的蛾子在我未注意到之时悄然逸去。她的半边脸被
照亮，埋在黑暗里的另半边脸承载着一点窗外的月光，像瓷制
的娃娃。

"怎么不问了？"她问。

"你不想说。"

"如果你多问几句，我就会告诉你了。"

"如果你想说的话，你就会主动说，比如现在。"

她定定地看了我一会儿，叹了一口气。

"想说什么？"我问。

"没什么。"

"是和小胡有关？"我问。

"怕你生气。"她说。

"没事，"我说，"分手都快半年了。"

"你的这个脾气，"她说，"我现在大概能明白，她为什么要和
你分手了。"

我们同时无语。我们一起看着台灯，出了一会儿神，好像在

第*7*章
再见帕里斯

等待一只蝴蝶将其翩翩的翼影落在灯台上。

我咳嗽了一声。

"说一下你男朋友吧。"我说。

B

你也许知道，我以前有过一个男朋友，那个叫做修的男人。

我高一的春天认识了他，在那家叫做阿米克莱的陶艺馆。

那时，他穿一身黑色的休闲装，蹬着网球鞋。他的手很干净，指甲边缘修成半圆形，手指很长。他有胡子，但是修得很利落，一丝不乱。他站在演示台旁，好像一点都不在意那些泥会弄脏他的衣服。

我亲眼看着他用一把塑料刮刀把一团泥做成了美人鱼的样子，就是丹麦海边那铜像的造型。那些粗糙黏糊的泥在他手下变得光洁柔软而又顺滑，具有着象牙一样的光泽。那修长优雅的流线型鱼尾，微微翘起，洋溢着生命力。

我被他手下的那个美人鱼迷住了。

他坐在讲台旁做他的木雕时，我开始模仿着他的成品开始做美人鱼，我想起了我小时候做橡皮泥的感觉。

后来他抬头看我，看我手里的美人鱼。

他走过来，到我背后。

再见帕里斯

他的手从我肩上伸过来，轻轻抚着我手中美人鱼的肩。

好可惜。他说。

后来他走开了。我用铁线将美人鱼截成两段，将她的躯干掏空，然后我捧着美人鱼，送到烧制炉那里去。

我坐在木制的椅子上等待美人鱼成品出现时，他坐在了我的身旁。

那时的我还没有戴眼镜。

那时的我皮肤很白，很细腻。

那时我留长长的黑发，披在肩上。

他这么看着我，他说，美人鱼可能会被烧裂的。他说这句话的时候，显得很小心。我问为什么，他说，因为没捏好。简单来讲，泥的湿度和均匀度都不对，你的手可能太重。

烧制好的成品端出来时，他站起身回到自己的讲台旁。我在那张托盘上辨认自己的作品，最后看到一个像鸭子一样烧得裂口四现的东西。我于是回过头来，看到他在低头做自己的木雕。他在做一个长发的女人，正以跪姿祈祷。

哦，对了，他在上第一节课时自我介绍说，他三十三岁，还没有女朋友。

那天晚上，我在阳台上吃芒果，那些甜美的芒果，我这一生都不会忘记了。芒果并不具有水果的丰润和鲜活，它只提供甜蜜的口感和事后口腔微微的麻涩感，好像被木炭划过。我听到电话

铃声，母亲呼唤我的名字，我接过话筒，听到了他的声音。

嗨，美人鱼。他说。

你怎么知道的？我问。

什么？

电话号码。

你登记的时候写的啊，美人鱼。

你有什么事吗？

我想问你，周末你有空吗？

没有。我说。然后我把电话给挂了。

母亲不动声色地坐在桌旁吃芒果。她问我打电话的是谁，我说是同学，问我作业做完没有，我说没有。母亲点了点头。

第二天我放学回家时，看到我家的信箱里有一个盒子，里面是一个木雕，一个长发女人在跪着做祈祷。我把它放在了自己的窗台上，母亲问起来时，我说是买的工艺品。

晚上，我又一次接到了他的电话。

喜欢吗？他轻轻地笑着。

我不知道该说什么，我问他，你要什么？

他不说话。

电话挂了。

再见帕里斯

下一个黄昏，我接到了另一个盒子，一头牛的木雕。不，确切地说，是看上去像是一头牛。说是四不像，更准确一点，那和我假期在乡村看到的木讷沉肃的牛不同。

那天晚上他没有打电话过来。

我在电话旁坐着，吃芒果。母亲用吸尘器打扫时走过我身侧，以洞烛就里的眼光扫视我和电话机。

过去了三天。三天他都没有打电话。

周末了，我去了动物园。

那天阳光很好，云像阿德里安·林恩电影中的一样巨大，匍匐在天顶，动物园里小径旁的花都开了。

我去得很早。

刚经过打扫的动物园没有黄昏时骚臭的味道。

我去了猴山，去了河马池，去看了孔雀。孔雀迟迟不肯开屏。后来我去找有没有牛。没有。

在我看骆驼的时候，母骆驼把它巨大的嘴穿过栏杆伸到我脸前来。我笑着往后退，发现自己撞到了一个人身上，然后我就看到了他。

他说：我知道你一直在等我的电话。

后来他对我说，那个木雕是米诺斯神牛。

曾经的希腊克里特岛（欧洲最接近非洲大陆的岛屿）上有这

么一个迷宫，由米诺斯神牛统治着。希腊的英雄忒修斯闯入其中，杀死了米诺斯神牛，使克里特岛的人民恢复了平安祥和的生活。

　　他和我坐在鸟园前的石凳上，听了一上午的鸟儿鸣啭。那天的阳光被云过渡得清新明快，从叶影间洒落下来。

　　我着意看了他的手：他的手确实很好看。

　　后来就是你们知道的，他开始接我放学。

　　他开着一辆车接我，把我送到离我家三百米远，然后我下车步行，我害怕被我爸爸妈妈看到，而他坐在车里，看着我走。

　　我想我那时是爱上他了。

　　他三十三岁，一个教艺术的，兼职做工艺品，一个被称为艺术家的男人。

　　我还记得你那时发明的笑话，说他是天启皇帝转世，只会做木工的男人。我生过你的气，不过说实话，也许他真的，实际上一无所成。

　　和所有的艺术家一样，自恋，不拘小节，敏感，善于幻想。三十三岁了。

　　他以前有过多少女朋友呢？我不知道。可是，我就这么不明不白的，跟他在一起，两年吧，一直到高三。

　　结束了。

　　没什么原因。

　　因为一开始就知道，会分开。

再见帕里斯

如你所知，后来我考去了南京，上大学。找到一个男朋友，一个外科医生。冷冰冰的，凶狠的，大男子主义的男人。从来没有问过我，我喜欢的在意的是什么。就是这个人，他有强迫症，他希望所有的东西都像手术刀下的肉体一样，听任摆布。

我一直在想离开他，就是1月初那几天，我告诉他，不用找我了。就是如此。

C

"好像有一些不大对。"我说。

"怎么了？"她问。

"你开始讲得很细致，我以为会是一个漫长而且细致的故事，可是，你的速度越来越快，到了最后，就这么煞尾了，快得我都没思想准备。"

"呵，"她笑，"你以为你在听小说？"

"那个男人，那个忒修斯，那个天启皇帝，你讲了太多关于他的故事，以至于我都感到嫉妒了。可是，到最后，你却莫名其妙地一刀斩断，又让我意犹未尽。"

"呵，"她摘下眼镜，搁在床头柜上，"你嫉妒什么？"

"我以为，"我说，"我是你的新任男朋友嘛。"

第 7 章
再见帕里斯

　　她躺下，背朝着我，将被子拉上肩去，默不做声。我坐在床沿，无事可做，只得抬头看树，月光下的树。熹微的晨光照着挺拔的树，犹如低首的白衣穆斯林长老。

　　"现在别说这个了，好吗？"她说，"我头疼。"

　　"那么什么时候说呢？"我说，"先预约好了时间和地点，我们可以好好说一下，比如一小时之后？"

　　"我是说，"她说，"你知道我的意思。"

　　"你的意思就是没必要谈论了，默认是我女朋友啦？"

　　她回过头来看我一眼，没戴眼镜的她，眼神朦胧，几乎带有一丝哀怨的味道。

　　我将身子靠在床尾，看她。

　　"你知道不可能的。"她说。

　　"怎么了呢？"

　　"你以前有过女朋友，我以前有过男朋友。"

　　"这些都不重要。"

　　"很重要。你那么爱小胡，而我，相信，你只要爱过一个人，就不可能再对另一个人刻骨铭心的深爱了。真的。"

　　"一切都会好起来的，只要时间过去。"

　　"不可能的，真的，不是你的问题，是我的错。"

　　她又转过头去了。

　　曲子转到《有趣的瓦伦丁》。

再见帕里斯

我伸手，去握她的手。她的手像死去的深海鱼一样冰冷，没有配合也没有反抗。

"以后打算怎么办呢？"我问。

"什么？"

"你以后，难道不结婚了？"

"不知道，我现在头疼，别问我了好吗？"

"继续和那个外科医生在一起吗？"

"不知道。"

"或者跟他分手，另外找一个人，谈恋爱，看电影，吃饭，逛街，带回家见父母，通电话，说情话，到最后没办法了，就，结婚。"

"不知道。"

"数学课代表，我的余同学，你真的想过那种日子吗？"

"不知道。"

"你真的想过平庸的生活吗？"

她转过身，坐起来，看着我。

"你得知道，大多数人都是这样生活的，生活本来就该是这样的。"

"所以这是平庸的生活。"我说。

她冷笑。

"也许你误解我了，"我说，"我的意思并不是说，普通的，平常的，恋爱与生活方式，有什么错误。一天由二十四小时构成，一小时有六十分钟，一分钟有六十秒，一天有八万六千四百秒，理

第 7 章
再见帕里斯

论上而言就有八万种以上的思维和行动的组合，那是无穷无尽的。我们每一个人，都可以有无限多种选择，为什么一定要遵循别人的思维方式和行为节奏呢？史诗时代的人们为什么可以生活得波澜壮阔，而我们却像蠕虫一样活得越来越线性单一和卑微呢？你的生活是什么样的呢？出生，被大人抱在怀里，哭泣，一旦被哄就微笑，博得大人们的青睐。你拥有美丽的面容和伶俐的口齿，年纪稍长，就成为家庭的宠儿。你读大人买给你的书籍，玩大人要求你玩的蜡笔和钢琴，按照教师的吩咐吹长笛。上学，专心听课，记笔记，自习课时做作业读书偶尔和邻座同学说话，接到男生递来的纸条去交给老师，遵守家长的吩咐不参加同学的集会，为了考重点初中请家教读书……上了重点初中，上了重点高中，找了一个艺术家男朋友，因为高考的原因放弃了。上大学，继续记笔记，继续上课拿满学分。将来你会找到一个平庸的男朋友，一个能够挣钱能够说话的机器。大学毕业，读研究生，然后工作。在一个你不喜欢的机构里，和同事勾心斗角，吃难吃的营养不良的午饭。跟一个平庸的男人结婚，早上起床吃原包装的面包和牛奶，彼此分手去上班，彼此通电话说些家庭琐事。坐一天班。回家晚饭，陪男人一起看平庸的肥皂剧，睡觉，一天过去。几年之后生下一个顽劣的儿子，你失去了美貌和窈窕，变成一个唠叨平庸的劳碌妇人，补着浓厚的化妆品到处出席晚会，为儿子上重点学校积聚财富，与丈夫吵架，关系冷淡，开始有白头发。儿子上高中

再见帕里斯

时你开始发胖，有皱纹，皮肤变得粗糙。五十岁上，开始脱发，医生嘱咐你不再能吃辣和饮酒，你的丈夫亦然。你谨小慎微地过着余下的日子，看着儿子带着令你不称意的女朋友回家，眼看着他们对你不敬而无能为力。周末的下午坐在阳台的摇椅上怀想青春的时光，而你的丈夫会要求你陪他一起看肥皂剧。你想过这样的平庸生活，是吗？"

"你让我想一下，好吗？"她说，"我头疼。"

我伸出手去抱着她的肩，她没有拒绝。

"我想我爱你。"我说。

"我们其实还是做朋友比较好。"她说。

"不可能了，"我说，"太迟了，海伦。"

"海伦？"

"廷达瑞俄斯和丽达的女儿，带有宙斯血统的，天鹅之姿的人间重现，希腊第一美女，海伦。"

"我知道。"

"十四岁那年和忒修斯私奔，被她的兄长追回，十六岁那年嫁给了斯巴达国王墨涅拉俄斯，二十岁那年，和特洛伊的王子帕里斯私奔，然后就是特洛伊之战——你知道的。"

"我知道。"

"所以，是这样的，不要嫁给墨涅拉俄斯，海伦。我更愿意我们私奔。"

"这样的话，你和多少个女孩说过了？"她问。

"你嫉妒了，海伦？"

"没有。"她说，"你知道你最大的问题在哪里吗？"

"哪里？"

"你太不切实际了，帕里斯，你这样让人没有安全感。"

"她也这么说过。"我说。

"什么？"

"没有安全感。"我说，"我都不明白，什么叫做安全感？"

她看了我一会儿，叹了口气。她伸出手来，轻抚了一下我的脸。

"傻瓜。"

她背过身去，我伸手抱着她。晨光自窗帘间隙透入，她的脸
儿像纸一般苍白而单薄。

"天亮了。"我说。

敲门声恰在这时响起。

D

敲门声响了五下，停顿，又响了五下。我和她屏息躺在床上，
听着敲门声一阵紧似一阵。

"把外套给我一下。"她说。

她把外衣披好，坐在床上。我穿好鞋子，揉一下眼睛，走到

再见帕里斯

门前。敲门声又响了一阵。

我隔着门问："是谁呀？大清早的，什么事啊？"

"修水管的。"门外的人说。

"不是说明天来修吗？"

"明天临时有事，所以就移到今天了。你在就让我进去。"

我把门打开，进来两个穿蓝布工作服外穿灰绿色皮茄克的人。脸色黝黑，穿着旅游鞋。前一个年纪稍长，后一个与我相仿。我靠在门旁，看着他们走进厨房，年长者伸手探一下水池。

"这不通有几天了？"

"没注意，"我说，"三四天吧。"

年长者伸出手，接过少年递来的器具，朝水池通水口捅了几下，朝我说："听一下水管通不通。"

我手足无措地走向水管，少年面无表情地轮番看我和年长者。

"没声音。"我说。

"好。"年长者挥了挥手，俨然 19 世纪末美国西部淘金者发现金矿的架势，"我们去外面看看下水道。"

年长者和少年提着器具走到了门外，我跟着他们走出楼去，看到他们掀开下水道盖板，用器具不断捅着。

我回头看了一眼洞开的大门和房门，她安静地坐在床上，看着我。门在寒风里晃荡着，一副刚经过洗劫的样子，我打了个寒噤。

第 7 章
再见帕里斯

"那个，师傅，"我说，"对不起，天太冷，我先进房间去了。"

"去吧去吧。"年长者说，不耐烦似的挥了挥手。

我回进房间，她已穿戴整齐，坐在桌旁持着镜子梳头。从镜中看到我进来，她微微一笑。我看到自己的脸，似乎较以往憔悴一些。

"有牙刷吗？"她问。

"我只有一把牙刷。"我说。

她拿了我的牙刷，取了一只纸杯，走进厨房。我跟出去，恰逢年长者钻进来，从我身旁擦过。

"你这个下水管道有问题……小姐，先别放水，现在水池不通……你们搬到这里多久了？"

"住了一个月。"我说，"元旦搬进来的。"

"管道是一直有问题，一直没处理，现在挺麻烦。"年长者说。少年此时跟了进来，靠在门侧，看她。

"您多费心。"我说。

"要说你们年轻，年轻夫妻搬家，是不太注意，总是等出了事，才想法子补。"

她飞快地瞥了我一眼，正与我望去的目光相接。她的脸微微一红，转了过去，让我想到田纳西·威廉姆斯戏剧中的女主角。我咳嗽了一声。

"那，是的。"我说，"结婚时忙着操办这个操办那个，以为租

再见帕里斯

了房子就万事大吉了，这不，我太太也一直埋怨我笨，不过我想凡事总得有个过程，我也是第一次结婚嘛，你说是吗，太太？"

"你这人……"

她没将话说完，转身回房去，把门带上。我靠在门廊里，听着她的脚步声。年长者洞悉一切般的微笑，"年轻太太们是这个脾气……你看过了？通了没有？"后两句话是朝着少年问的。

"通了。"少年说，注目于带上的房门。

"那好，"年长者说，"走了，麻烦您啦，大早上的。"

"那没什么，"我忙说，"要付您多少钱？"

"物业那里会付我的。"年长者推开门，拉了一把少年，于是两个人的身影迈过了门槛，走入晨光中。冬日的清晨，清爽的寒风吹着楼外一排浅灰色的树。

我将门关上，转身进房间。

她坐在茶几上，看着我。

"你就那么爱讨嘴上便宜。"她说。

"让他们觉得我们是夫妻，总比我们俩没名没分好吧？否则他们该看不起我们了。"我说。

"不跟你玩语言游戏。"她说，"我刷牙。"

她站在水池边，弯下身，牙间如螃蟹吐泡沫一般白花花的一片。我抱着双臂站在一侧，看她。

"那男孩子爱上你了。"我说。

第7章
再见帕里斯

她抬起头来，喝一口水漱口，以询问的眼色看我。

"那个修水管的，男孩子。"我说。

她做出了然于心的表情，低头将水吐掉，继续刷牙。

"你真是个迷人的女孩。"我说，"难道真的所有见过你的人，都会被迷上？"

她耸耸肩，又一次吐掉口中的水，说："有洗脸的毛巾吗？"

E

我站在门旁，看着她最后梳理一遍头发，提起包来挂在肩上，然后看一眼手表，"我该走了。"她说。

"是。"我说。

她走到门旁，看到我并没有让路的意思，她伸出手来，轻轻拍了一下我的肩。

"让一让，帕里斯。"她说。

"你还会来吗，海伦？"我问。

"别问这么傻的问题。"她说，"今天我就回无锡了。"

"我后天回去。"我说。

"哦。"她似无兴趣。

我将钥匙塞进口袋，把门关上。

我和她并肩往路上走。

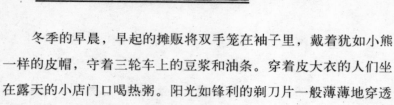

再见帕里斯

冬季的早晨，早起的摊贩将双手笼在袖子里，戴着犹如小熊一样的皮帽，守着三轮车上的豆浆和油条。穿着皮大衣的人们坐在露天的小店门口喝热粥。阳光如锋利的剃刀片一般薄薄地穿透干枯的树枝阻隔，落在地面上，犹如亮银色箔片。

"海伦。"

"我不叫海伦，别这么叫我。"

"海伦。"

"……"

"海伦，考虑一下，好吗？"

"考虑什么？"

"不要过那样庸碌的生活，做我的女朋友吧。真的，我想我爱上你了。"

"过去了，忘了吧。"

"可是我不会忘记的，海伦。你不属于那种生活，你不应该那样过日子，跟我在一起吧，好吗，海伦？我们一起，过自由的生活。"

"我叫车。"

她站在路边，伸手拦车。一辆红色出租车顺滑地来到身旁，犹如水族馆中的翻车鱼。我朝司机挥手，示意他离开。司机以怀疑的目光打量了我一下，我拉住了她的手，司机将车开走。

"你要干吗？"她转头问我。

"不想你走掉。"我说，"海伦，你真的，就不愿意，做我的女

朋友吗？这是大酬宾大优惠打了折半卖半送，以后没这种优惠啦。"

"我叫车。"

"海伦，"我说，"我们都姓张，将来生下的儿子也姓张，这样我们的香火都能传下去啦。不好吗？"

她抬起头来，凝神看着我，她的脸上全然没有笑意，那种眼神，恍惚间让我想起抱着受伤的猫去看兽医时后者打量猫的眼神。

"我错了。"我说，"我承认，这句话是从一个和你同姓的小说家的书里看来的。"

"你这个傻瓜。"她轻叹了一声，伸手抚了一下我的颊，"我走了。"

她转过身，继续挥手叫车。早晨的出租车密如江鲫，又一辆车停在她身旁，她低头和司机说方位，我抢先伸手拉车门。

"小姐请进。"我说，伸手垫着车顶，她莞尔一笑，坐了进去，将车门关上。

阳光落在出租车窗玻璃上，色彩变幻无方。她摇下车窗玻璃，朝我招了一下手。

"什么事？"我弯下腰，看着她。

"I wanna to be your girlfriend."她说。

"什么？"我问。

"没什么。"

再见帕里斯

　　她慢慢将车窗玻璃摇上了。我与她隔着车窗玻璃彼此望了一会儿，她转过头去。汽车开始发动，许是因为冬季，发动得不顺利，我伸手敲窗。

　　"怎么？"她再度摇下窗玻璃。

　　"再见，海伦。"我说。

　　"再见，帕里斯。"她说。

8

南方高速公路

充其量我们能做的，
不过是为我们的爱情写一个结尾，
给我们的儿子起名，
叫做张牧云。
一切都会好的，
只要，时间，过去。

时间：2005 年 3 月 6 日

私奔的最后一天

A

从窗口望出去，他看到了高大的杉树，新翠的绿翳生发而出，盘桓于挺拔的树干之侧。雨后温暖的晨光为空气缓慢加温，鸟叫声连成一片。

"听见了吗？"他对手中的电话说，"鸟叫声。"

"听不清楚呀，"电话那头传来慵懒的女孩声音，"我困死了，耳朵嗡嗡的，你是谁呀？"

"是小悦吗？"他问道。

"是。你是谁呀？"女孩的声音分贝略有提高。

他抬起头来，婆娑的树影抚摸着他的脸，他抿了抿嘴唇。

"是我呀，姓陈的那个。"

"哪个？"

"记得两周多前，晚上，我们一起唱歌吗？那个高个子，跟你一起在天台上聊天的那个。"

"哪个？"

他看了一眼站在身旁的老涅，侧过身去，眼望着街旁无精打采倚自行车卖塑料花的少年，声音放低，"那个和你接吻的，姓陈。"

"噢，噢，噢！"小悦的声调变化使他感到振奋，"啊，你呀，初吻的男生？"

老涅回过头来，吐了一口烟，看了他一眼，微笑。

他转过头去，脸微微红了，"是我呀。"

再见帕里斯

"怎么想起来打电话给我了呢？"小悦说，"你就那么无情无义，这么长时间才联系我。"

"前几天你一直关机不是吗？"

"那倒是。哎呀，错怪你了。"

"你是在朱家角镇吗？"他问。

"是，我在这里玩儿呢，划船吃虾喝酒呢，怎么了？"

"我和老涅一会儿上车来朱家角镇。"他说。

"好好，来了一起玩儿吧。你们什么时候到？"

"八点上车吧。"

"那差不多午饭前能到啦，等着你们。哎，你在上海找到新女朋友没有？"

"没有呀。"

"好好，那，我等着你们呀。挂了，我刷牙。"

他关掉手机，看到老涅正在慢慢咀嚼最后一只糯米烧卖，间或喝一口温吞吞的豆浆。

"联系上了吧？"

"是。"他说，"我什么时候去呢？"

"看你急得那个样子。"老涅笑了笑，喝了口豆浆。早晨的早点店，除了老板外惟有他们两个顾客，店堂空空如也，像关了门的水族馆。

"对女孩子不能急的，你缺经验。"老涅说，"这丫头看上去疯

第 8 章
南方高速公路

疯癫癫的，难追得很。阿宝不也是在追她？追着了吗？追了这许多年了。不过，这丫头看来是喜欢无锡人。你看你是无锡人，她过去那个男朋友也是无锡人，挺好。你呀，别急。该是你的就是你的，不是你的还是逃不掉。知道吗？你得让她悬着，别追不及待就跪地上了。女孩儿，再怎么样的女孩儿都这样。"

"是。"他点头。

"多喝点豆浆吧，坐长途车不能空肚子，可也不能饿了。豆浆温温胃是挺好的，还醇厚，不犯冲。到有一天你跟我一样坏了胃，也就只能喝豆浆了。别急，才七点，车还要一个小时。我们吃完了，消消停停散步过去，消化消化，完了你在车上睡一觉，容光焕发见你心上人去。不是挺好？"

"好。"他说，端起豆浆碗，小心地吸了一口，干涩的咽喉猛地受了湿润，他咳嗽了几声。

"好天气。"老涅说，"下一阵雨，暖一阵儿，再下一阵，就又暖和些。春天嘛。"

他点点头，咬了一口烧卖，喝了一口豆浆。

"你来上海的正事儿呢？"老涅问，"找那一对男孩女孩儿的事情，有头绪了？"

"去那男孩的学校查过了，他没去上过课，几个可能知道的朋友也都查问过，没什么下落，几张报纸上也发了寻人启事。"

"你亲眼见过他们俩没有？"

2005.3.6

209

再见帕里斯

"没有，看过照片，不过都是他们高中时的照片了。男孩在大学里有张档案照是高中时拍的，女孩子是阿修手绘的一张。"

"怎么找个人都这么无喱头？"老涅问。

"女孩的父母听说雇了人找，而且不想登报显得太没面子吧，不过估计也差不多急了。"

"挺漂亮的一个丫头！"老涅赞叹道。他随之抬头，看到一男一女正站在街边，女子手抱一个木雕，间或抬手将长发挽一下，男子从卖花少年手中接过一朵玫瑰，递给他几枚硬币。

"没看真。"他说，"漂亮？"

"相当漂亮的一个丫头。"老涅说。

B

"钱都这么少了还浪费。"她手握着玫瑰花说，将玫瑰花枝在木雕的脖子上打了个结。我拉了一下她的衣袖，我们在交通灯前停住。高架桥横亘在天。

"如果这世界上剩下最后一个金币，我会用它来换一朵献给你的玫瑰花。"我说。

"贫吧你。"

车流从我们面前横越而过，犹如大河。一扇扇车窗映过我们的脸。她神色静默，偶尔低下头，看一眼木雕。

"知道吗？我第一次来上海时……"她说。

"不知道。"我说。

"你这人！"她用木雕敲了一下我的臂，"别打岔！我第一次来上海时，看见这高架桥，就吓着了。那时我想，这么多桥呀，遮天蔽日的，像小时候看的杂志里头，那些未来世界的建筑。这个城市跟一个堡垒一样，秩序森严的。那时我觉得，在这里就是时时刻刻被俯视着，永远钻不出去。"

"你也可以俯视它。"我说。

"不可能的。"她平心静气地说，"连平视都没有可能。我是这么觉得的，这个存在过于庞大，难以触摸，好像古代的雄关。"

"那么低下头走就是了，"我说，"带着美丽的玫瑰花。"

绿灯亮起，我拉过她的手。我们缓慢穿过街道，人流如海鱼一样从身旁游过。

"似乎已不再香了。"她说，指了一下手里抱的植物盆。

"一天没浇水至于如此吗？"我看了一眼碰碰香，"仙人掌科植物呀。"

"可怜。"她说，将植物盆搁在花圃边，那不再焕发生命活力的植物，与花圃中鲜活明亮的花朵，显然相形见绌。

"也许我们不适合养植物，"我说，"什么植物在我们身边，都难免一死。"

"晦气的缘故。"她说。

再见帕里斯

"沪朱线。"我喊道，一辆停着的客车旁，有人招手。

"在这里。"

我们上车，拣定了靠窗的位置并排坐下。

我靠走廊，她靠窗。

空空如也的车厢，只有售票员不动声色地走过来。

我递过钱，他递过车票。

司机在戴他的黑色手套。

我掏出荧光绿色口香糖，给她一支，自己一支。

她趴在车窗上看风景。

"很少起这么早，所以看不到早晨的风景，原来是这么有意思的。"她说。

我顺着她的目光，看到早起的人群与车流，贩卖早餐的店堂，打着呵欠的上班族，背着书包的学生，在车站像网球比赛的观众一样不断转头的待车者们。我微微一笑，伸手拂了一下她的耳朵。

她侧过耳来。

"别动弹。"她说，"男女授受不亲。"

我拧了一下她的耳朵，她回拍了一下我的头，继续看窗外。

我注视着售票员坐在前排椅子上，从口袋里掏出一本通俗故事杂志，开始阅读。不知道为什么，我想起了王老师的《全中文》杂志。

"你看过那个人吗？"她拉我袖子，我转过头来，看到她指着窗外的一个人。

是一个个子很高的男子，目测过去，一米八五上下。穿着黑色NIKE外套长裤，褐色皮鞋，头发像短短的草一样立在头顶，嘴唇薄得几乎看不到。虽是冬天，衣服却穿得不厚，看得出身形魁伟，小腿细长。

"像个运动员，"我说，"练短跑那种，看那腿。"

"我觉得，"她咬着嘴唇，"他有些眼熟。"

"我也觉得眼熟。"我说，"我想一下。"

"对了，"少顷，我说，"刚才买花儿时，瞥一眼旁边，好像看到他在店里喝豆浆。"

"没注意，"她说，"可是我觉得，更久以前我见过他，不知道在哪里见过。更为深远的回忆，记忆的深处。"

"你故弄玄虚。"我说。

"你故作镇静。"她回道。

C

他踏上沪朱线长途客车时，车里还只有几个人。

司机右侧的座位上坐了一个中学生年纪的少年，不无兴趣地打量着仪表盘，售票员手握着一本通俗故事杂志阅读。

再见帕里斯

靠车门的座位上，一对老年夫妇身穿整齐的灰色外套，正襟危坐。

一个颇为肥胖的打着领带穿着银灰色大衣的胖男子将头靠在窗边睡着了。

后排有一对少年男女安静地坐着。男的戴棒球帽，藏青色外套，戴着上有NIKE字样的棒球帽。女孩戴着金丝边眼镜，黑色长发遮住了半边脸，脖子上挂着一个金色坠子，穿着黑色丝织毛衣和浅灰色外套，手中握着一个木雕，木雕的脖子上缠绕着玫瑰花枝。

他朝门外的老涅挥了挥手，看着老涅将烟踩灭，穿过马路离去。花圃边有麻雀在跳跃，鸣声连成一片，初生的花朵缀成一片锦色。阵雨的痕迹依然在路边闪现，水洼映射着阳光。

他找了个座位坐下。

太阳在侧面的车窗外越升越高，橘红色的光游离在他的手掌，麻雀的叫声水光一般柔和婉转。

开始不断有人上车。

空旷的车厢座位像练习簿的方格般被不断填充。

售票员收起了杂志，奔走往来地收取车票钱。

他看一眼手表，七点五十七分。

司机戴上了手套，开始发动汽车。

陈旧的汽车发出生病的大象般的低吼声。一个烫发穿尖头皮

鞋双手各戴四个镯子的中年妇女在他旁边一屁股坐下。

他将放在膝上的背包放在了脚旁。

"这车子有年岁了。"他听到人说，回头一望，见到那个戴棒球帽的男子正嚼着口香糖，用手指逗弄着木雕脖子上的花儿。"半路别抛锚才是。"女孩则侧首看窗外，间或伸手碰一碰自己的右耳耳环。

他将头转回，看了一会儿花圃。杉树的枝叶如云朵一般连绵不断，绿得触人眼目。他想了一会儿小悦，伸手碰了一下自己的嘴唇，惊觉自己没有刮胡子。

"她大概不会在意的吧。"他想。

身旁的女子掏出手机，手指错落有致地按键发送短信。隔着客车走廊，一个头顶秃得颇为稀疏的老人正仰着头，听着一个中年男子谆谆嘱咐，老人身旁一个穿滑雪衫的男子以毫不掩饰的厌恶感盯着那中年男子。

"开车了，开车了，不相干的人下车了！"售票员双手按着门框喊道，作为注脚，司机按了下喇叭。

站着的中年男子喊一声："等等，我下车。"随即快步穿过走廊下车，途中响起两三声惊叫，显然是被踩到了脚。

"都齐了吧？那开车了！"售票员喊道，刷的一声将车门关上。

车子再度发出轰隆隆的大象粗吼的声音。

车厢里起伏着被踩了脚之后的埋怨之声。

再见帕里斯

他抬起手腕看表：八点整。

"这声音像大象吼叫一样。"他听到后排说。

他回过头去，看到那个戴棒球帽的男子正轻松地张嘴嚼着荧光绿色口香糖。不知为何，他对这个男子产生了好感，也许只因为他说出了自己想说的话。

D

"打一个赌。"我说。

她将木雕搁在车子的窗台上，玫瑰花在朝阳的照耀下看上去妩媚有致。

"打什么赌？"她问。

"那个男孩爱上你了。"我说。

"哪个？"

"那个你说有些眼熟的人，他回过头来看了我们两次，如果说第一次是因为好奇，那么第二次就无法解释了。"

"你怎么老希望别人爱上我呢？"

"因为那样就会显得我眼光精准，而且丰姿迷人。"

"歪理。"

"最迷人的男人不是漂亮的男人，而是拥有过漂亮女孩的男人。"

"谁说的？"

"米兰·昆德拉。"

太阳不断升起，车厢里温度渐升，我脱下藏青色外套，搁在膝盖上，将帽子反戴。她将头靠在我肩上，好一会儿。

"什么时候到呢？"她问。

"中午左右，"我说，"不太久。到了我就给他打电话，让他想法子让我们住下，还可以让他请我们吃一顿。我这个朋友是个仗义疏财的好汉，一听说我去，准得拉我到桥边，吃新鲜鱼虾。"

"然后呢？"

"想法子呗。能借住一段，但不能太长。我想试着问他借点钱，先过了这一阵子，等到稿费都到了，再继续一阵子。再以后，我们不要多想了。"

"一切都会好的是吧？只要时间过去。"她说。

"你也学会我的名言了？"我拉了一下她的耳环，她莞尔一笑。

"要不要给你那个朋友先打个电话通报一下？"她问。

"不敢开机，"我说，"我一开机，我爸我妈就会左一个短信又一个电话地来骚扰我，而且万一被他们知道我在什么地方，那就麻烦得很了。到了地方再打电话就是，没关系的。"

客车左转右绕，周围人烟渐次依稀。

车载 DVD 开始播放电影，是部香港娱乐片，字幕是粤语版。

再见帕里斯

因坐得离屏幕远，听不真切望不仔细，我和她都没兴致。前排的乘客倒都抬头望着，津津有味，大概其中颇有可观之处。

前排一个穿鹅黄色外套，洒浓郁DESIRE BLUE香水青年女子的手机响了。

她右手提起，左手按住耳朵，"喂？说大声点儿，说大声点儿，说大声点儿！我在车上，车上，刚出市区，现在去青浦。到地方……喂？"

凝神观赏港片的乘客，无不对其高亢的嗓音面带嫌恶之色。

本来已睡着的一个正襟危坐打着领带的胖男子霍地惊醒，东张西望。

女子转过头来，枯黄的面色和未涂均匀的粉底相映成趣，几乎泛现紫色的唇膏令人惊悚，虽则看上去只有三十不到，然而青春早逝的姿态不可掩盖。

"你刚才说，是几点到朱家角镇呀？"女子看着我问。

"中午，十二点前后吧。"我战战兢兢地答道。

女子似乎颇为满意地回过头去，继续大声道："十二点左右，十二点左右！听到了？好，你到时候来接我，先帮我把吃午饭的地方准备好，我饿死了……知道啦，知道啦，拜拜。"

"猛犸一样。"她凑着我的耳朵低声笑道，我轻拍了一下她的头。

"做人要厚道些，"我说，"你老了也会这样的。"

许是说得大声了一些，女子回过头来望了我们一眼，我们俩人不约而同地对女子微笑了一下。

女子转过头去了。

她对我吐了吐舌头，做了个鬼脸。

车厢里闪过了一阵嗡嗡的埋怨声后，复归平静。

戴领带的胖男子继续头靠在抖动的玻璃窗上，企图尽早睡去。

我眼望着车子在道路上行驶，太阳始终保持着同一高度悬挂着，云流下缘的青灰色犹如午夜的天空。阳光一片一片地闪过她的脸儿，我轻轻拂一下她的头发。

"好困。"她说。

"我也是，"我说，"昨晚都没有睡觉嘛。"

"我睡一会儿，"她说，"你不准动。"

她将头靠在我的肩上，合上眼睛。我调整了一下坐姿，尽可能让自己的肩膀不至于过于疲劳。我觑一眼她的手表：车行了大约一个小时。

我将头靠在后座上，闭上眼睛。有节奏颤动的车座，加深了那种疲惫感，绵绵的睡意像一只手一样蒙向我的脸。在确认她的身体进行的微微规律性颤抖之时，我也缓慢地坠入了睡眠。

在梦中，我看到我和她一起回到了高中校园，我和她一起在草坪旁的走廊中坐着。

"那，"我说，"这就是我和小胡曾经坐过的地方，我和她在这里把合欢树的叶子做成标本。"

"啊。"她微笑着点头，站起身来，沿着草坪之边，像只小鸟一样跳跃着行走。我看见她回了回头，在阳光下，她的面部轮廓变成了小胡。

"是你呀！"我跳起身来，追上去时，她又一次回头，样子依然故我，"怎么了？"

"没怎么，"我说，"你的样子像小胡。"

她冷笑了一声。

倏然之间，她消失了。我看见一只猫站在草坪上，嘴里叼着一只苹果，猫看了我一会儿，快步从草坪的那一端逃走了。

"喂！"我喊道，踏上草坪想去追索。

传达室的老大爷此时却跳了出来，挥着拳头涨红着脸对我喝道："不许践踏草坪，知道吗？"

"是，知道。"

"知道还踩？"

那只猫消失了。

我走回到回廊里，看到那里铺展着一个木雕，脖子上缠绕着一朵玫瑰花。

逐渐从梦境中脱离时，我感到一阵头疼。

后脑那颤抖不已的车座已经复归平静。

我睁开眼睛，看到她的头还靠在我的肩上，兀自沉睡不已。车子已经停了下来，港片依然在播放。

我看了一眼她的手表：我睡着了大约半个小时。

我望了一眼车后，排成长龙的车流赫然在目。在树木映衬的大道上，前后车流望不到头。过了好一会儿，车子颤抖着向前滑行了数米，再次停下。司机关掉发动机，将胳膊肘压在了方向盘上。

我的左肩酸痛欲裂，我将左肩略微侧过，不料这一举使她睁开了眼睛，"到哪儿了？"她以慵懒的声音发问，伸手揉眼睛。

"半路上。"我说，"堵车了。"

E

他看了一眼自己手机屏幕上的时间显示：二十分钟内，车子只前进了不到十米。

他沮丧地发现路旁的一棵白杨树，在二十分钟内的时间里，始终和他的肩膀保持水平。

时光已近中午，车厢里开始响起代表怀疑的牢骚声。不断有过马路的行人从静止的车间走过，这一情景提示了堵车的半永久性。

他感到有些不耐烦。

若在以往，他是习惯于等待的。他可以在寒冷的雪天兀立街

再见帕里斯

头等待一个朋友四个小时，可以在烈日之下的交通灯旁静等一个下午而不动声色，显然有一些什么改变了他原本坚不可摧的意志。

他想到了他的小悦。

在他想象中，她已经刷好了牙，披着她的长发，带着她明媚的笑容，在朱家角镇的车站等待他的到来。

每一秒钟的消磨都意味着她耐心的流丧。

他注视着手机屏幕的时间显示。

九点五十四分。

随即跳到五十五分。时间流逝得飞快。

"这车还走不走了呀？"坐在他旁边的妇女提着嗓子喊道，在前排开始翻阅通俗故事杂志的售票员回头看了一眼，随即面无表情地回过头去。

司机对此言显然充耳不闻。

然而这一声喊叫似乎成为了一个开始，原本只在私下互相唠叨的人们，开始做起了目标不明确的抱怨。

"这么堵下去堵到什么时候是个头啊？"紫色嘴唇的女子尖利的嗓音此次并未遭受众人的白眼。

"有别的路可以绕吗？"坐在后车门的老先生说道，随即招来另一番言论："这可是被堵在中间，不能转车道的。"

"那这么堵着什么时候能到朱家角啊？"

穿银灰色衣服戴领带的胖男子又一次醒来，痛苦地按着耳朵，对车厢里喧嚷的人群扫了一眼，又闭上了眼睛。

经过了一轮喧闹，疲惫不堪的人们闭上嘴来，开始不断打量窗外的车流。他盯着白杨树看，车子颤抖着行进了一点，停顿，又一次行进，又一次停顿，像富有节律的诗歌。

他抿着嘴唇，拨电话。

"喂？"小悦说。

"是我呀。"他说。

"噢，怎么啦？"

"可能要迟到一会儿，车堵在半路了。"

"是青浦那一带是吗？"

"不大知道。"他说。

"我听说了，一个养猪场运猪的卡车翻了，满大街是猪，正在收拾呢。"

"是吗？"他想象着满大街是猪崽的样子，呜噜呜噜，小猪的声音。

"给你省点手机费吧，我先去玩儿，你到了打个电话告诉我声儿。"

"好的。"他说。

"一时半会儿走不了了！"一个声音喊道。他回过头，看到是紫嘴唇的女子，握着手机发出叫声。

再见帕里斯

"怎么了？"乘客们群相耸动，后门的老先生都站了起来，伸长脖子。

紫嘴唇女子握着手机，拿着腔调读道："青浦附近发生重大车祸，两辆客车相撞，已有十位乘客当场死亡，现在路况依然复杂不明，交警正在处理现场。"

"喔哟！"车右的老太太叫道，伸手拍胸，"还好还好，撞的不是我们的车，危险死了。"

"一般出这样的状况，"前排一个戴金丝边眼镜的男子深谋远虑地说，"清障车来处理，再加上现场扫清，至少要一个半小时。"

"我们堵了好半天了呀。"后门的老先生喃喃地说，"一个半小时？"

"这么着，我也得问问。"穿尖头皮鞋戴四个镯子的女子掏出手机，开始拨电话。"没信号！"她嘟囔了一句，重新开始拨。

"不对不对。"头上秃得颇为稀疏的老人扯着嗓子喊了一声，并举起手机，"我儿子说，是前头一座桥桥梁钢架断了，压住了一辆卡车，所以才堵车的呀！"

情况显然发生了分流，车厢里的嗡嗡声甚嚣尘上。

两种可能性交织起来。

紫色嘴唇女子开始了对老人的置疑，两种可能性被不断的分析，是否有共存的可能，该排除掉哪一种。

金边眼镜的男子紧抿嘴唇，显然在计算着桥梁和堵车之间的

必然关系。

穿银灰色衣服的胖男子将头靠在窗上，睡得极为踏实。

他张了张嘴，想宣告他所知道的那种可能。

他想象着断裂的桥梁和相撞的卡车，在此之上，小猪们活泼欢跃的形象，似乎使一切愈加杂乱。

他不再开口。

车子又向前移动了十米。

这一次移动期间，乘客们屏息凝神，仿佛害怕自己的揣测会伤害移动的长度。

然而移动停止了，乘客们又开始肆无忌惮地谈论起来。

他决定不再说话。

"真乱。"他听到一个声音带着戏谑的口吻说道，他回过头去，看到后排那个戴棒球帽的男子，正微笑着看着窗外。

"其实大家都不知道吧，"戴棒球帽的男子补充道，"其实是架小型飞机在路上坠毁了，所以才导致了堵车。"

$\mathcal{F}$

"你添什么乱呀？"她说，嗔怪似的拍了一下我的腿。

再见帕里斯

我用手指轻轻弹了一下她手中木雕的鼻子，又摸了一下她的鼻子，伸手正了下棒球帽。

"没添乱，"我说，"只是想添点乐罢了。这么好玩的场景，我一辈子都没遇到过第二次。"

"别动不动就一辈子，你才多大呀？"她问。

"有些人一生荣耀，然而寿命短暂，譬如海上的流星。有些人一生庸碌，然而寿命奇长，譬如沙滩上的睡龟。是选择涅斯托耳还是阿喀琉斯的生活，这显然是一个值得思考的问题。"

她侧了侧脸，阳光在她的脸上留下了金沙般的痕迹。经过切割的阴影，无限精微的尺度。我伸出手来，抚了一下她的脸。

"刚才你说是小型飞机坠毁？"一个乘客将头伸到我面前，"哪个飞机场起飞的？"

"这个，"我摆正面容，从容地道，"我还没有来得及确认，我会随时跟前方的朋友用短信确认的。"

"我姑妈今天在浦东机场乘飞机去青岛！"乘客说，"可别出事了！你说的是真的还是开玩笑？"

"他逗你玩儿呢！"后排的一个翻动着金融学报纸的男子声色不动地说，"飞机坠毁这么大的事情，怎么没朋友给我发短信说？"

"是啊！"前排一个手戴四只镯子的女子叫了起来。坐在其身旁的，身形修长仿佛运动员的男子侧目看了那女子一眼。

"什么飞机坠毁呀！吓死人咧。真要飞机掉下来，说不定又是

一个'9·11'啦！我告诉你们啦！"——暗示所有人的耳朵竖起来聆听的语气——"一辆大客车失去控制撞栏啦，警察一查，发现这辆大客车超载啦！正在查呢！"

"是大客车是吧？是汽车撞一起了吧？"紫嘴唇女子的声音飘了过来。

四镯妇女以蔑视状扫她一眼。

"撞栏嘛，"她一字一句地说，"不是追尾，拎清楚一点。"

"是不是撞了栏所有桥的梁架断了呢？"秃头老人说。

"栏是高速公路的栏吧。这警察查案子怎么就不管我们这些走路的人呢？"前排的人抱怨。

司机完全停下了马达。

汽车的颤抖停止。

我望见司机将胳膊肘压在方向盘上，熙熙攘攘的人声了无止歇，无数种可能性还在依次被陈列、拼凑和组合。

银灰色衣服的胖男子扯着嗓子问司机："不走了是吗？"

喊话重复了三遍，司机懒洋洋地回说："走不了了。"

"走不了了。"我看着她，她对我微笑一下，举起木雕来摇了一摇，一片玫瑰花瓣掉了下来，落在她膝上。我拈了起来，打开车窗，顺手一扬，花瓣越过横列在旁的车流，直向远处的天空飞去。

我站起身来，将笔记本电脑的包背在身上。她抱着木雕随我

再见帕里斯

站起来。我们穿过客车的走廊，从一条条横架在走廊的腿上迈过。

"借光借光。"我说。一条条大腿有礼貌地让了开去，我走到司机身旁。

"哎。"我说。

司机抬起头来，漠然地望了我一眼，似乎连"什么事"都懒得说。

"是好一会儿不能走了，是吧？"我问。

"是。"他说。

"开下车门吧，我们想下去走走。"

看样子他是不大乐意，但似乎又懒得争辩。做了几秒钟思想斗争，他按了一下键，前车门打开。司机做了个手势，意思大约是"请便"。

我和她举步走下了车，碎纸屑般堆砌的声音倏然间消失不见。初春的风与树叶潮声般的鸣响取代了这一切。

我们踏上路边交通岛的草坪，坐了下来。

我们静观着首尾均难以窥见的车流，这犹如冰河时代陈迹的漫长阻塞，现代文明的不朽产物。

有那么一会儿，汽车尾气与烟尘不断向我们扑来，使我们皱眉。然而，随着汽车们偃旗息鼓地关掉马达，这些庞然大物犹如死去的猛犸，趴伏在大地上。

第 8 章
南方高速公路

春天的中午，阳光若明亮的蜡笔画就的金色氛围，令我不由眯起眼睛，暴起的春暖使昨夜雨水的记忆悉数流失。鸟儿受不住温暖般鸣叫不已，连成一片。不再发出声音的汽车们像活动的城堡，车窗中的乘客惶惶不安地左顾右盼。

"像看电影。"我对她说。

我们所坐的客车门口，又下来一个人。

她抬头看了一眼，指了一下，"又是他。"她说。

"为什么要说又呢？"我说，"你说他眼熟，你想起来他是谁了吗？"

"没有。"她说。

那个男子身形挺拔，短得犹如春草的头发显示出旺盛的生机。他看了我们一眼，然后信步走近。

"他过来了，"我说，"电影一样。"

"真无聊你。"她说。

G

"天气不错呀。"他对戴棒球帽的男子说。

后者对他报以微笑。

男子身边的女孩儿把玩着木雕，对他笑笑。

再见帕里斯

"江南的天气是这样的，下一阵雨暖一阵。"戴棒球帽的男子说，"不成文的惯例。"

女孩儿从口袋里抽出荧光绿色的口香糖递过来，"吃口香糖？"

"不了。"他说。他看了女孩儿一会儿。

戴棒球帽的男子微笑着，凑在女孩儿耳边说了句什么，两个人轻轻笑开了，他于是感到有些尴尬。

"对不起。"他说，"只是觉得你，"他指了下女孩儿，"有些面熟。"

"看吧！"戴棒球帽的男子对女孩儿说，女孩儿笑了一笑。

"其实我也觉得你挺面熟的，"女孩儿说，"哪里见过似的。"

"我也觉得你面熟。"戴棒球帽的男子微笑着说。

戴棒球帽男子的话使他感到微窘，他挠了挠耳朵。

"没有别的意思呀，真是觉得面熟，没别的意思。"

"介绍一下，"戴棒球帽的男子伸出手来，"我叫帕里斯，她叫海伦。"

戴棒球帽的男子伸出的手使他感到温暖，他微笑着，将手伸了过去，"你好。"

"好。"戴棒球帽的男子握了一下他的手，很绅士地收回，"去朱家角干吗呢？"

"见个人。"他说。

"女朋友吧？"女孩儿迫不及待般地问。

他脸上微微一红，将头转了开去。几个乘客也随下车来，站在路边叉腰观望着远处那不见缓解的路况。

他听见这对男女轻声的玩笑，咯吱咯吱，小松鼠般的欢跃。

"算是女朋友吧。"他说着，随即想起小悦的微笑。

"真幸福呀。"戴棒球帽的男子对女孩儿说。女孩儿点着头，从木雕脖子上解玫瑰花。

"要不把这玫瑰花送给你，转交给女朋友吧！"

"谢谢，不用啦。"他脸色愈加红了，"真的不用的。"

"我真的觉得在哪里见过你……你是哪里人？"女孩儿问。

"北方人。"他含糊地说，"最近刚来上海。"

"来上海之前呢？"

"去过好些城市，苏州，无锡，南京，宁波……"

"无锡？你去过？"戴棒球帽的男子问，"什么时候去的？"

"那是……"

"其实送给女孩子玫瑰花是不错的礼物噢，虽然有些干了，但是还是很漂亮的。"女孩儿已经将玫瑰花枝解开，递了过来，"送给你女朋友吧，真的。"

"我不要，真的不要。我给她的得是我自己献出来的，不能随

随便便的。不是，我不是说拿你们的东西随便，我是说，我得用真心去对待她。"

"看看，"女孩儿伸手拍了一下戴棒球帽的男子的颊，"人家就比你真心得多。"

"我去问问司机车怎么样了。"他觉得自己的脸愈加红了，他站起身来，拍了拍裤子上的尘土。

"好好，如果开了得告诉我们呀。"戴棒球帽的男子说。

"否则我们就成了流浪猫被丢在半路了。"女孩儿说。

H

"你发觉了吗？"看着那个男子步上客车，我轻轻拿过她手中的玫瑰花枝，抚摸着柔软的花瓣。

"发觉什么？"

"他好像真有些爱上你了，"我说，"否则脸干吗那么红？"

"这个男孩儿有女朋友了，"她说，"而且估计是初恋，你看那脸的红法，你这样厚脸皮的男的，跟人就没法比。"

"他刚才提到，"我说，"他去过无锡。"

"那又怎么样？"

"我们说他眼熟，也许是因为我们在无锡哪个场合看到过他。"我说，"或者他看到过我们，在无锡，可惜没来得及问。"

再见帕里斯

2005.3.6

232

第 8 章
南方高速公路

"你过敏吧。"她说。

"不是过敏，"我说，"我近来总觉得有些怕，不知道出于什么原因，不祥的预感。"

"拍电影吧你。"她说。

我从兜里掏出手机，打开。

"要打电话？"她问。

"不是。"我说。

"那干吗开？不怕家里人找吗？"

"我问问无锡的朋友，看情况怎么样了。"我说，"当然是发短信问。"

手机信号接通，随即亮起了字样：四条新信息。

"新鲜。"我说，"几百年都没人给我发短信的。"

"是谁的？"她问。

"我父亲的，"我说，"四条都是他一个人发的。"

我按下阅读信息的命令，跃上屏幕的是数行字，如下：

无论身在何处，务必尽快回家。外婆病已复发，已扩散，现住第五人民医院。

重复：外婆病已复发，已扩散，现住第五人民医院。

无论如何，先回家，一切既往不咎。

再见帕里斯

回家就好，父母匆告。

她默无声息地看完短信，然后看我的脸。

我读罢四条短信，每条都是同样的内容。

我关掉手机，看着屏幕变暗，随即抬起手来伸在额前。

悬峙在头顶的太阳，散发着惊人的热力。花圃中紫色的花朵，沐浴在金色的光流之中。

我咳嗽了几声。

她将头靠在我的右肩。

有那么一会儿，我们静静聆听着马达声、自行车铃声、鸟叫声、树叶的沙沙声。

1

"是真的吧。"她说。

"我爸妈孝顺，"我说，"不会开不吉利的玩笑，该是真的。"

"回去吗？"她问，伸手轻轻抚我的脸，"我知道，你爱你外婆的。"

我侧首看她。

有那么一会儿，我们两个人都面无表情，然后，仿佛是一个暗号所致，我们不约而同地微笑了起来。

"我不知道，"我说，"好像是个不错的借口。如果现在回去，家里会既往不咎，我们又有台阶下，不会显得太灰溜溜。我是因为外婆的病而回去的，不是向他们投降。"

"说得像打仗一样，那是你的爸妈。"她说。

"还有你的爸妈。"我说。

她的头靠在我的右肩。

我伸出手指，从草坪上拔下草来，扯断，断落的草叶落在我的裤子和鞋子上，她观察着我的动作。

"结束私奔，回去？"她说，"然后？"

"然后，"我说，"你回学校报到，我去探望外婆，跟爸妈道歉，跟警察局和各企事业单位道歉，说麻烦他们了。然后我回学校报到，继续过每天上课、应酬、机械化的生活。"

"那样的话……"

"而且，"我说，"我们将不再能相爱。"

"是吗？"

"是的。"我说，"能感觉得到，如果这一次我们回去了，我们离开了，我们就不会相爱了。"

"不会的。"她伸出手来，抚了一下我的耳朵，"我是爱你的。"

"虽然这次私奔很草率，很卤莽，很不让你快乐，"我说，"但是你得相信的是，如果不是这样的处境，我们不会相爱如斯。这是一种语境，一旦消失，我们将不会再爱对方。"

再见帕里斯

"那你的意思是说，不回去？"她问。

"你希望我回去吗？"

"我不知道……"

我仰起头来，深深地吸了口气。

汽车车窗上的人脸，看上去像一个个恐慌的标本。

"我们现在进都进不得，退又退不得。"我说，"我们回哪里去呢？"

"那怎么办呢？"她问。

天空中此时出现了一片紫色的云影，庞大的云系，流动不息地奔涌而来，将阳光轻轻地尘封其中，犹如海潮中的岛屿。

我抬起头来，看了一会儿云，然后看客车，客车们依然如钉在地面般一动不动。

"等吧。"我说。

"一直等着？"她问。

"改变能改变的景况，接受不能改变的事实。"我说，"我对不起外婆，可是，现在，车子堵了，什么时候解除都不知道。对于命运、世界以及很多很多太宏伟的东西，我们都无能为力，只能这么想，先想现在，过去已过去了，将来是不确定的。现在已经不是我是否愿意回去的问题了，而是我们是否回得去。"

"消极。"她说，"车总会疏通的。"

"那么一切等到通车时再说吧，"我说，"等车流疏通了，我们再来想是否回去的问题。人的念头是千变万化的，谁知道那时会出什么样的事情？现在是真实的，所以我们只想现在。别多想了，好吗，我的海伦？也许汽车通了，我们就要永远分开了。不要想了，我们总要割舍掉一些什么。现在，好好的，想我一会儿。我们在一起，这是最重要的。"

"你难过吗？"她问。

"我们得这么想，"我说，"人生活在世上，就是来承载痛苦的。幸福是片段的，痛苦是持久的。我们生活着，是因为只要活着，就永远有幸福的可能性，所以我们安静地等吧。再以后的事太多，我们不可能把追悼词和棺木质地都事先算好，充其量我们能做的，不过是为我们的爱情写一个结尾，给我们的儿子起名，叫做张牧云。如果这是我和你最后一天在一起，那就让这一天过得安静一点，少点烦恼吧。"

"一切都会好的，只要时间过去。对吧？"她问。

我回过头来，迎着她的目光。

她的笑意还挂在嘴边。

这刻意的戏仿。

这永恒的时刻。

我让自己的嘴角尽可能勾出幅度大的微笑来，然后抚了一下

再见帕里斯

她的鼻子，仿佛永恒的车流依然停峙在仿佛永无结尾的长路之上。

时间绵延不断，了无绝期，让人产生了堵车想呈现永久性这一错觉。

风慢慢吹了过来，较之于我和她初遇的下午，风已带了点令人喜慰的暖意。

"没错。"我说。

"这些都不重要，一切都会好的，只要，时间，过去。"

9

既是开始，也是结束

那个时候，
窗外应当是下着雨的。
于是车右的窗玻璃上，
应当会爬满眼泪一般的冬雨。

时间：2005 年 2 月 6 日

私奔的第一天

A

那个时候，窗外应当是下着雨的。

于是车右的窗玻璃上，应当会爬满眼泪一般的冬雨。

冬季的夜色像河岸的沙石，沉降在你所看到的风景之前。

于是你望见的世界，就呈现出一幅流沙覆盖的印象派油画。

那个时候，你应当伸出右手的食指，轻轻在玻璃窗上划动，模拟着车头的玻璃上，那钟摆一样的雨刷器。

你将会失望地发觉，除却寒冷的触感，你并未收获任何明晰的结果。

那些促使玻璃迷茫的因素，显然并非你只手轻划便可以改变。

那些游动的雨滴，在玻璃的另一面，蠕动。

于是你那高高拉起的围巾下那娇俏的小嘴，为此发现所产生的失望情绪而轻轻地噘起，如同春天玫瑰色的阳光，初初做斑驳状落在灌木丛间时，那枝头青涩的花蕾。

B

"我没有想到会下这么大的雨。"

"我也没想到，今天我看电视时，气象预报员说会晴空万里，现在的情况显然是他渎职。这应该并非我的过错。"

"你应当带一把伞的。"

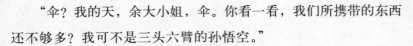

再见帕里斯

"伞？我的天，余大小姐，伞。你看一看，我们所携带的东西还不够多？我可不是三头六臂的孙悟空。"

"一把伞总该带着的，下午的天色就很阴。看，雨下得那么急。"

"我亲爱的，我已经把一切都席卷一空了，总该给家里留一点东西存一点纪念，你说是吗？再说，伞一向是传情达意的好工具。你知道《白蛇传》吗？"

"你觉得这么说很幽默吗？"

"不是很幽默，一点都不。对不起，我宣布从现在开始保持沉默。"

"……你生气了？"

"没有。有什么好生气的吗？"

"那，半天不说话？"

"我是在回味我给我爸妈留的那张字条。"

"留字条？我怎么没看到？"

"你在门口提着包嚷着让我快点走的时候，我写了张纸条放在桌上。作为这个家庭的长子，我不能莫名其妙地一走了之，我得告诉我爸妈，家里那么乱是我翻的，不是有贼的缘故，否则，我妈妈会发心脏病的。"

"写的什么歪门邪道的咒啊？"

"'告诉墨涅拉俄斯，帕里斯带着海伦走了'。"

"墨什么什么斯？"

"海伦的老公，《特洛伊》，上次带你去看的电影，布拉德·皮特演的那个，还有奥兰多·布卢姆。"

"噢，我记得了，那个演海伦的女人真丑。"

"晕。你知道你在说什么吗？司机叔叔都会笑话你了。小姐，不要轻易评论别人的美丑，你并不是那么漂亮，好吧？"

"哼。"

"至少不是我交往过女孩里最漂亮的……哈，你塞耳朵的爪子戴着手套像狗熊一样，哈，你戴围巾像戴口罩，像忍者一样……小姐，不要这样开不起玩笑好吗？你看司机叔叔都乐了，对不起司机师傅，圣诞快乐，新年快乐。我妻子有冬眠的习惯，像狗熊和蛇一样。"

"别叫我小姐！"

"噢，我知道了，那么你仅仅保留了冬眠的习惯。"

"……"

"……嘿？"

"……"

"生气了？"

"……"

"几岁了？"

"……"

2005.2.6

243

再见帕里斯

"会说话吗？"

"……不会！"

"那你说的是什么？"

"你真讨厌！"

"OK，OK，不开玩笑了好吗，亲爱的，我亲爱的，新娘，我给你讲个笑话吧。说有个领导，去视察幼儿园，他拉着一个小孩的手问：'孩子，几岁了？'孩子说：'三岁了！'领导问……等一下……"

"……按掉了？"

"按掉了。"

"短信息？"

"是来电。"

"你爸妈？"

"我妈。"

"她到家了？"

"不确定。不要紧张亲爱的，没事，什么都没有变化啊。来，我把那个笑话说完吧，领导问那个孩子：'会说话了吗？'"

"你妈如果回到家，看到你的字条，一定会追来火车站的。"

"怎么你不觉得这个笑话好笑吗？哈哈哈哈。"

"她会追来火车站的！"

"追呗。"

"你能不能严肃点！"

"你总是过于严肃，于是会错过很多东西……亲爱的，假使我们被捕，在那之前还有一些时间——现在六点三刻——至少一个小时可以在一起。生命是由一天二十四小时一个月三十天一年十二个月构成的，我们要享受每一分钟，这样才对，你知道吗？好，好，亲爱的，不要瞪着我，我害怕，我投降。我告诉你，我妈妈不知道墨涅拉俄斯是谁，她不知道。她没读过《荷马史诗》，不明白我的典故。她是个家庭妇女，我没有贬低她的意思，但她不会想得到这么远，她会以为我在开玩笑。好，等她明白过来，她会给我父亲打电话，哭，趁着这乱乎劲，我们早上火车去上海了。OK？"

"什么时候的火车？"

"七点一刻，T717次，我乘过无数次的，忠实而勤恳，像老黄牛一样不会出问题。"

"哦。"

"放心了？"

"……你说，你妈有心脏病的。"

"是啊，轻度的，那种一遇到紧张情形，就会闭眼抬手摇摇欲坠，宣布：'我心脏病犯了'的家庭妇女。"

"知道你走掉，她会心脏病发作的。你以为一个妈妈会关心家里失窃更甚于儿子逃走吗？家庭妇女最关心的不是家里的钱，而是丈夫和儿子。"

"……"

"你干什么！没有你这么开窗的！下雨呢。"

"我闷。"

"怎么了？"

"没怎么。"

"你怎么忽然这样？"

"别碰我！"

"你……"

"我说，别，碰，我。"

"……那随你吧……司机，什么时候到火车站？"

"这不是到了吗？"司机说。

C

你开了车门，冷雨在那一刻扑了下来，你几缕沾湿的刘海随即以顺从的姿态帖服到你的额头。

你的男人紧抿着嘴唇，固执地缩在座位的暗角，听任你跨出车门，在阴雨霏霏之中跨向车后箱。

司机的手指落在了一个玄妙的机关上，车后箱盖在你的注视中伸起。

不必否认，此时你记忆中闪过了约翰·屈伏塔和萨米尔·杰

克逊在《低俗小说》中取枪的场景。

秘密轻而易举地被你洞悉。

弹起的车箱盖犹如阿里巴巴的石门。

火车站那变幻的暗光成为了照耀珠宝的烛火。

在那幽暗的箱盖中，臣服着那即将随你浪迹天涯的包裹。

你抬起头来，透过车后的窗玻璃，无助而绝望地看到，你的男人，我，帕里斯，在雨阵切割的视野中，保持着缄默与沉肃。

一种偏执的狭隘。

男人的傲慢。

你一定是如此思索。于是你咬了一下嘴唇，一滴雨水被你的牙齿从中分开，化为二份，一份沿唇流落，一份咽下喉咙。

你的手离开了箱盖。

你大步流星（你穿的运动鞋正适合如此蹬踏）地回到了车门口，你朝着车中，那个傲慢的男人，你的男人，我，大喊一声："你这个王八蛋！你帮不帮忙？"

作为一声大喊的回馈，你看到了你的男人，目光在你脸上倏然一扫。他的嘴唇抿成了一条直线，那意味着固执、坚毅、自大和跋扈。你燃烧的怒火促使你圆睁双目持续和他的对视，然后你看到——不要讳言你的惊讶——他像个孩子一样笑了。

他伸出右手，舒展肩膀，"拉我一把，我亲爱的，我一个人是钻不出来的啊。"

再见帕里斯

D

我把箱子一一放上传送带，向车站把门的出示了车票。

把门的女性工作人员面无表情地点头，让我和我的女人自她身旁越过。

车站入口处，一张木黄色的桌子。敲一下，沉厚的回声，那么应当是木制的。

两个穿着青色稽查服的男人在交头接耳，并且发出笑声。

左边的男人目光在我和我女人的身上微微一飘，伸出右手，印章在我推上前的两张车票背面按下了青色的烙印。我获得了安全的象征，一个平和而没有侵略性的身份。

卖饮料的。

雨衣。

伞。

自动扶梯。

她跳上去了。

这是我今天第一次审视她。一天都忙于偷鸡摸狗，未曾一一过目。

湿刘海，迷人，雨珠，白围巾（我送的），红色 ADIDAS 外套（还是我送的，保加利亚的玫瑰色），黑色背包（逃亡者的象征），解开的拉链间那白色的毛衣（绵羊、夜雪或者白云），纤细的腰身，黑色长裤（配色盘，亲爱的，或者蜡笔），刘海间的眼睛在对我闪光。

第 9 章
既是开始，也是结束

　　她提了一个箱子。

　　我提了两个。

　　没有背包。

　　铁道部门的工作人员——温情款款的他们——为火车站配置了空调，设置了出售蓝色雨伞、方便面、可口可乐、褐色的核桃仁、灰色的报纸以及其他必需或不必需物件的机构。

　　电动扶梯到头。

　　咯噔。差点跌倒。

　　想到了那个女孩。那个穿着粉红色外套的，身高173公分的，妖媚的，娇柔的，十七岁女孩。

　　她和我在向下的自动扶梯上，向上迈步玩，获得了整个商场人的青睐。

　　"张嘴。"她会说，然后给我吃薯片，然后吻我。

　　我的女人转过去了。

　　尾随之。

　　一字排开的水果柜台，一群脸色犹如生姜的妇人，失去了青春的年华和媚人的容颜，只能兜售这些无生命的植物残骸。

　　抬头，不想看他们。

　　那里有几个大字。

　　读一下吧。

　　不读。

2005.2.6

249

不，偏要读出声来。

——不如此她不会回过头来。

丹田吐纳，大声喊出来：候——车——室！

E

"你真无聊。"你说，为了加强语气，你坐了下来。

你的男人坐在了你的身旁。

你抬头看剪票处上空高悬的大屏幕，"T717 次列车，19：45分，上海"赫然在目。

周围一度为你男人的一声大喊而注目于他的人们，现在又低下了头，开始谈论他们自己的事，像觅食物的鸭子。

一度被作为附属注目对象的你念及此事，依然深感不快。

作为表示，你推了一把你男人，"你怎么总爱出洋相呢？"

"不许再推我。"你男人说。他把所有的包都细致入微地放在身旁，然后转过头来严肃地说，"我在想一件很严肃的事。"

"什么事？"你被吓住了。手并不冷，但是你低下头来，呵了口气。

"我在想，"你男人说，"我们晚上到上海是否要一起过夜。"

"去死吧你。"你伸手朝你男人头顶拍去。你男人任你的手在他头顶着陆，并且夸张地叫了一声："啊……"

"嘿，死了没有？"你对闭着眼睛靠在椅背上的男人问。

"别叫我嘿，叫我亲爱的。"你男人闭着眼睛说。

"贫吧你，本小姐未婚，你别想了，这一辈子都轮不到叫你。"

"不叫呗，我可以让小悦叫。"

"哪个小悦？"

"那个喜欢穿粉红的，你上次来我家时，我和她下国际象棋的那个。"

"你跟她什么关系？"

"没关系。"

"什么关系究竟？"你试着伸出手来——你男人没有生气的表示——于是你很有分寸地捏他的耳朵。

"娘子饶命，小生招了。我和她实实的没有关系，也就是海誓山盟花前月下春宵一刻了一把。"

"你还贫你，谁又是你娘子了？小心我用刑！"

"什么刑我也不怕，我是死猪不怕开水烫。累坏了，不想动了。"

"我挠你！"你伸出手来，挠你男人的腰，你男人像遭了电击一样跳了起来，"我服了我服了我服了娘子饶过我娘子啊我这厢有礼了……"

"坐下来。"你说，看到一个大男人准备做旗人女子的请安礼，你忍不住好笑，"乖，别出洋相了。"

"出呗……"你男人坐下来，懒洋洋地靠着椅背。

再见帕里斯

"丢人可是丢你的人！"你提醒男人。

"曝光吧！无锡电视台会报导我的存在。一个荒诞派诗人，行为艺术家，天才小说家，失恋尝试者，大闹无锡火车站。你爸爸，我爸爸，你妈妈，我妈妈，他们会受到上电视的待遇，就像我在初中时一样……那时，谁？一个文豪，我忘了。他死了，我被电视台采访，说了很傻的话，丢尽了人。丢呗，我累了，我要睡觉。"

"哎，"你说，"对不起。"

"对得起对得起，你没对不起我，对不起我的是袁世凯，他还对不起中国人民呢，我给你讲过那个笑话吗？"

"我是说，"你耐住性子，轻轻地抚了一下你男人的额头，将几缕散在前额的乱发向耳际顺去，"我不该提你妈妈的病，我知道你难过的。"

"哎，我是装孝子。我妈没事，她要那么脆弱，我长这么大她早就过去不知多少次了。间歇性的，一会儿一抽风的。物理学课本说：频率很密，振幅很小。"

"哎，"你小心翼翼地问，"你真睡了？"

"假睡，我要赶火车。"你男人说，他用手指轻轻搔了一下眼睛，"我今天必须完成这次私奔，我不能让你跟别人私奔。"

"跟谁私奔？"

"跟别人。"你男人说，"我知道很多人都追你，虽然他们统统不如我。"

"那你呢？"你笑着，用手点你男人的鼻子，"你那个小悦，那个追你的小狐仙，你那个谁，你不是那么多私奔对象呢吗？"

"是啊，我承认我确实帅。但是呢，我今天已经和你私奔了，所以只好送佛送到西。大不了私奔到上海再买张车票回来，我是个有原则的人嘛，我是君子。"

"君子带人私奔？"

"司马相如还带卓文君私奔呢，我也就是想通过此举来让我的文人气度更彻底一点。"

"没别的？"

"有的，我困。"

"哎，那你为什么要和我私奔呢？"你用手指夹男人的鼻子。

"我今天早上扔色子，找了六个人选，扔到谁是谁，结果扔到你，所以，我就雷厉风行地和你私奔了。"

"车票呢？"

"昨天订好的。"

"东西呢？"

"昨天收拾好的。"

"我最喜欢的那个熊熊你也带了？"

"我的所有女朋友都喜欢那只熊熊。"

"那么说我运气很好咯？"

"是啊，六分之一的概率。下飞行棋时我怎么就扔不出六

再见帕里斯

来呢？"

"你怎么知道我爸妈今天都不在家呢？就敢跑到楼下来喊我？"

"凑巧，如果他们在我就找别人私奔。我上楼，他们不在，好，活该他们的女儿跟我走了。"

"你说真的？"

"真的。如果你爸妈在，我就去找小悦，她那么漂亮，腰还细，腿还长，一起走路特有面子特拉风。"

"真的？"

"真的。"

"真的？"

"真的。"

你男人坐直了身子，伸出手来。

你转过头，企图让开他伸向你脸颊的手。

你仰起头，让眼睛朝上看。

男人开始拉你的胳膊，你挣脱。

男人继续拉扯着，在忙乱中，你伸手到口袋里，抽出纸巾，在和男人力量的对抗失败之前，抹了一把脸。然后，你转过头来。

"你哭了？"

"我没哭。"

第 9 章
既是开始，也是结束

"眼泪还在呢。"

"没！"

"眼圈红得跟兔子一样。"

"要你管！"

"跟你开玩笑呢。"

"我开不起！"

"亲爱的，若，海伦，你怎么了？"

"你今天一直在刺激我，一直在刺激我一直在刺激我一直在刺激我！"

"我没有，亲爱的你是知道我的性格的，我只是开玩笑，我开玩笑没有轻重，我……"

"可是那时你没和我好吧？可是现在我们都要私奔了，你还拿我当玩笑耍，你把我当你女人了吗？你这样有意思吗？我知道你开玩笑好了吧？可是我害怕好了吧？你一会儿这个，一会儿那个，你有准数没？"

"……"

"这样还不够，那样还不够，说我这样不好，说我那样不好，别人知道你在开玩笑，我不知道可以了吧？我受不了，我告诉你我受不了。"

"我知道我知道……"

"你知道个屁！你什么都不知道，你就是在那里装潇洒，自命

再见帕里斯

不凡，心里只有你自己，没把任何人放在心上！你这算什么？你可以说来就来说走就走，可是你知道吗？你可以回去，我可是回不去了回不去了！"

"你……"

"你知道吗？我怀孕了。"你看着你的男人，作为追加的打击力量，你的眼泪挣脱了眼眶流了下来。你看到你男人的脸部表情像岩石一样沉了下来。你看到他的右手抬了起来，轻轻擦了一下你的脸颊。然后，他缓慢地把你搂到了他的怀里。你顺从地放松双肩，并闭上眼睛，让眼泪慢慢顺畅的由你的颊交接到他的肩上。

"我错了，我爱你，我亲爱的。"你男人说。

F

"你编这个故事有什么意思呢？"我的私奔女友坐在我的对面，伸出手指点我的额头。

我则仰向座位后方。

车厢律动的节奏颠动不已。

车厢里回荡着《好一朵茉莉花》的旋律。

晴朗的夜空，星辉若碎钻一般洒落大地，黑色巨兽一般的树影和村庄在夜色下飞速奔驰。

"你猜吧，"我说，"但在说出答案之前，你得承认，这个故事

很有意思。"

"我指出几点，"我的女友说，"第一，这个故事里，我怀孕了，可是事实上我没有。第二，这个故事里是下雨天，但其实今天是晴天。"

"那是因为，"我说，"我想告诉你的是，我们所处的环境不是那么糟糕，至少你现在没怀孕，而且是晴天——我们现在所处的景况比故事里的情况好很多。"

"第三点，"我的女友对我的话置若罔闻，"这个故事里，明显是你在控制着我。"

"不是吗？"

"不是，"我的女友微笑着，说，"确切地说，你把我说得很笨，于是在这个故事里，我看上去像另外一个女孩。那可以是你之前的任何一个女孩，可是，绝对不是我。换句话说，你在说的人是别人的影子，可是套了我的名字。我不喜欢这样。"

"你应当理解一下我的大男子主义。"我说。

"那倒是。没法把自己拔高时，把自己的女人说笨一点也是一种方式。那继续吧，嘿嘿。我就简单理解成你在想入非非了，反正生活里不是这么回事就成。"

"那么，"我故作沉痛状说，"我只能承认我是个妻管严了。"

"哎，或者是，"她说，"你觉得我那么傻一点，你会比较没有压力？"

再见帕里斯

我对此问题思考了一会儿。

"怎么得出这个观点的？"

"你的潜在欲望？简单的心理学分析嘛。"

"真可怕，那我以后还是不说话好了。我宣布我要开始保持缄默。"

"还有，"她说，"你想告诉我，我们的情况不是很糟糕，可是你没有触及几个更要命的问题。比如我们到了上海住哪里，靠什么生活，你的学业如何继续，我们将来如何应对家里的找寻和压力……你都没提到。"

"我如果提了，"我说，"这个故事的男女主角会自杀的。他们那么笨，而且男的还有大男子主义倾向，迟早会分开。"

"可是，"她沉静地说，"现实生活比小说还要糟糕，你这个理想主义的傻瓜，连编故事都搞拙劣的大团圆。"

"那是良好的祝愿。"

我的女友不再说话。她侧过头去，用手指轻轻地在窗玻璃上划动。我抬起头来，望着她投影在玻璃上的眼睛，那虚化的脸被夜色不断沉浸和融入。

"你说的那些细节，你私奔时没考虑？"我问。

"没有。"她放下手指，回过头来，微笑着，说。

"那你和我一样无知。"我说，"事实上，我用我智慧的头脑思

第 9 章
既是开始，也是结束

考良久，也没有考虑出善后方案。"

"你是个傻瓜。"她说，"无论如何，我们私奔成功了。至于以后，只能是到了上海再说吧。"

她伸出手来，勾我的脖子。我将头伸了过去，她凑过来，轻轻吻了我一下。

"我要问的是，"她说，"你和那个小悦，究竟有什么关系？"

"没！"我盯着车厢天花板，掏口袋里的铅笔，一边说，"那孩子还小，我不敢碰，我是君子。"

"得，"她说，"我也就比她大两个月。"

"你世故得跟我妈一样。"我说，开始在车票背面画她的像，她将手支颐，做出一个温柔的姿态，微笑。

"我要问的是，"我问，没有抬头，"若，你那么深谋远虑的，为什么同意和我私奔？"

"很简单嘛。因为吗，"她说，左嘴角轻轻地勾起，眼睛垂下，轻轻地一笑，"我以为，我爱你嘛。"

10

后记

他们被逼迫到了尽头。
无法前进，无法后退。
爱情濒临崩溃，
除了自欺欺人的逃避现实和留恋，
他们已经无力左右什么。
命运本身是无可逃避的，
即使他们已一再被命运优待。

A

三年前的夏天，我和一个女孩讨论过私奔的细节。

我们走火入魔般研讨了私奔的意义、必备品、路线、善后情况，将一切都盘算已定之后，我们骤然发觉，所谓私奔，并非一奔了事便可万事大吉。私奔的后果，其实是走向了另一种生存状态。

千古以来关于私奔的故事，很多都只在"奔"的阶段便土崩瓦解、双双化蝶。一旦私奔成功，后续的细节便不免排山倒海般奔涌而来，彼时进退失据，进退两难，令人望而却步。所以，简单而言，我最初关于私奔的谋划，在考虑到无数细节之后，便无疾而终了。

中国历史上最早关于私奔的记载，大约是《诗经》中"仲子逾墙"之说。

司马相如和卓文君显然是具有传奇性的，然而其私奔之后，文君当垆卖酒，相如徒手劳动，结果殊不浪漫。如果不是司马相如岳父好面子撒钱遮丑，司马与卓的结局显然相当不完美。红拂夜奔从李靖这样的故事，泰半是读书人编的，不足为信。

《红楼梦》里有一回，贾老太太批世上那些专讲才子佳人私奔的传奇——一大半是上京赶考书生巧遇富家千金小姐，嗣后郎情妾意，双宿双飞，如《西厢记》故事——道：世上哪有这么下流的千金小姐，一见男的便心动；又哪有这小姐身边只有一个丫鬟

再见帕里斯

的道理？可见这全是那些不成器的读书人编出来的。老太太所言不免过于偏激，然而可见私奔的故事，要有完美结局，诚然极难。

杜丽娘、柳梦梅那样的，生死数遭，才遂了心愿。生命力不顽强若梁祝者，也只能做对蝴蝶，翩然双飞而已。

至于罗密欧与朱丽叶这种，连私奔都没彼此串通好，彼此死于半途的，就极可怜了。

私奔无疑是种浪漫主义的行为。离经叛道的趣味，殒身不恤的情致，都是其迷人之处。然而其迷人，恐怕多半是自己手制的趣味。如果让昆德拉来一一评点，肯定能琢磨出其中有多少是自我陶醉的成分。然而那么一来，趣味便减少很多。无论如何，惟其私奔难度之大，这个词本身才让人极度迷恋。

至少对我而言，是如此的。

B

《再见帕里斯》的九章，最早完成的是最后一章《私奔》，于2005 年 1 月。最初作为一对男女勾心斗角的故事而存在。

两个月过去了，在此期间，我时时念着私奔这个话题。到了3 月，忽然之间，一整个故事就焕然成型。

在做《再见帕里斯》的故事构架时，与《尤利西斯》类似的是，我有意将一个日常生活中的故事与《荷马史诗》对位。

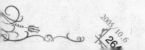

　　"我"与帕里斯，余思若与海伦，"他"与阿喀琉斯，修与忒修斯，小悦与布里塞伊斯，甚而至于阿宝与阿加门农，尤力与奥德修斯。

　　最初想做这样的对位只是出于一时的趣味。

　　根据普鲁塔克的记载，海伦十四岁时与忒修斯首次私奔，被追回，嫁给墨涅拉俄斯成为斯巴达王后之后，与特洛伊王子帕里斯再度私奔。可以说，围绕着这两次私奔，这个故事才得以展开。

　　如题记中所述，这个小说和史诗其实没有直接关联，但是，也许有一点对比和映衬的价值。

　　在我的观念中，史诗与日常生活具有可比性。

　　除却叙述文本的规模和文体限制、范围的广大程度、主题的形而上学与否，普通的人生与宏大的史诗，其核心其实都只是欲望与激情的合一。在命运与既定世界规则的束缚之下，英雄与凡人一样，追求着自由与欲望。将日常琐屑洗去之后，我们会发现，每个人追求的，其实与英雄并无二致。

　　关于九章各成短章，以时间标注先后而不按时间顺序讲述，我承认最初的灵感来自于福克纳《去吧，摩西》中《熊》一章。

　　我对这种技巧的喜爱，是因为这样的叙述结构使小说像一幅拼图一般，其全貌呈缓慢的片段性出现。

　　然而在《再见帕里斯》的九章中，基本故事情节及矛盾在九天内尽数显现，隐略的情节其实不多。

再见帕里斯

也由于此，这个小说中有大量的巧合，或者说白了，有大量的戏剧性因素。世界并不像我们以为的那么大，然而如此凑巧，显然也让人觉得不太真实。

说到底，是我自己笔力所至。

C

作为历史上最著名的私奔情侣之一，帕里斯和海伦早经《荷马史诗》这类不朽文本及《特洛伊》（《TROY》）这类优质电影工业成品宣扬，得以家喻户晓。

这段爱情的迷人之处在于：即使事先有无数神祇的暗示，即使考虑到那严重的后果——后果是希腊史上空前绝后的十年围城大战——这对男女依然选择了私奔。这种不顾一切的狂热的爱情观，与我喜爱的纳博科夫小说《洛丽塔》大有类似之处。

我得承认的是，这种爱情具有疯狂的感染力。然而，现实生活与史诗的不同，在于人们的思维方式与传奇相比，多少会回到人间。

于是，在《再见帕里斯》这个故事中，涉及到爱情的男女，"我"和余思若，修和余思若，其实全都是相对自以为理智，然而却缺乏自我控制能力的。

在这种自以为冷静的、缺乏激情的，在不断的游戏文字、勾

心斗角、试探、自我陶醉中沉浮的爱情，最终的结局不难想见。

在这两个私奔的故事中，爱情的热力都是由"我"和修来保持的。这两个人物有着强烈的浪漫主义激情，然而事实往往并不如他们所料。

相比而言，我更欣赏的是阿喀琉斯和布里塞伊斯（小悦）的爱情，即使开始的突然，带有游戏成分。我写这个故事时，想到的是自己还在上高中时，那种盲目的热情和滞涩的表达方式。

无论如何，那些感觉已经一去杳然。说到底，并非时间过去，一切都会变好。

D

开始写这个小说时，我在上海租了房子。《再见帕里斯》一章所发生的背景，大致是新居的样子，一间能听见鸟鸣的有树的干净房子。从开始写作到完稿，这个小说用了差不多三个月。

在这个小说中，可以说，帕里斯这个人物形象的言谈和思维方式，已经基本和我没什么区别了。

在这个小说中有很多实际存在的人物，实际存在的故事，这是我第一次把自己的生活如此细致地还原出来。

私奔当然是虚构的，然而与私奔无关的很多细节，则是真实的。

再见帕里斯

有一些朋友也许能在这个小说中找到和我曾经的对答。我的父母在看完描写他们的部分后，也半恼半笑地承认了他们的形象。

在最开始我写这个故事时，想把它写成一个悲剧，然而到了后来，我开始想把这个故事写成一个有希望的结尾。

帕里斯和海伦的私奔，在最初浪漫与爱情的装饰下美丽异常，而在庸常生活的压迫之下，不断失去希望。

在时间上，小说的结尾是《南方高速公路》那一章。在那里，他们被逼迫到了尽头，无法前进，无法后退。爱情濒临崩溃，除了自欺欺人的逃避现实和留恋，他们已经无力左右什么。命运本身是无可逃避的，即使他们已一再被命运优待。

然而，到了最后，我还是忍不住把他们私奔的那一章，给放到了小说的结尾。至少，我希望借助小说主人公的勇气——那是我不具有的——来使我自己相信，真正的爱情是存在的，而并非自我心理暗示。而我们所希望达到的，诗意化的、浪漫的一切，并不会总是招致悲惨的结局。

E

这个小说的第八章《南方高速公路》，是向科塔萨尔同名小说《南方高速公路》的致敬。

第二章的结尾所涉的马尔克斯的小说，是指他发表于60年代

的杰出中篇《没有人给他写信的上校》。

F

关于浪漫精神、诗意生活的想象，及一些结束语：

印象派画家们尚未占据主流平台的 1869 年，出生于诺曼底的画家尤尔·布丁开始受到前辈大师们的注意。

他的油画一般有六成到七成的空间只在画天空，而天空之下的海洋、沙滩以及身着五彩缤纷衣服的人类，往往是纤小点缀着的配角。

与所有特立独行的艺术家们一样，赞许与批评同时向他奔来，而布丁保持了诺曼底人一贯的驴子一样执拗的精神，一直到很多年后，他被称为"天空之王"。在布丁的世界里，天空便是他自己的世界。

朋友说，普鲁斯特是世界上最自私的人之一了——他的自私，来自于他的个人世界过于强大，他可以把周遭世界的一切尽数屏弃。他毁弃空间，扭曲时间，他的意识和记忆牢牢统治住了自己的世界。他的世界是他自己的，自给自足，别无他求。于是，他可以用记忆来写小说，构造自己的神话，自己的记忆，自己的年岁世界季节时间次序来往自由不经若风。

所谓浪漫，其实大半是这样一种特质。

再见帕里斯

　　博尔赫斯的小径分岔的花园，曹雪芹的大观园，卡尔维诺那看不见的城市，纳博科夫记忆中无时或忘的洛丽塔。

　　强大的人们把自己收拢在自己的世界里。

　　他们的世界并不简单、脆弱到像蜗牛的壳，他们的记忆可以强大到具有侵略性。

　　马尔克斯雄辩的马贡多镇在他自己的想象中一直站了百年，那是属于他们自己的世界，活色生香，触手可及。

　　这也许是人之有异于他物的一个点。当第一只手开始在石头上凿刻壁画，第一张嘴开始谈论天神与魔鬼，第一支笔写下了关于英雄的史诗，无数个世界就开始在汪洋大海般的意识中星罗棋布的确立。在自己的精神世界之中，世界可以远远地直飞而起，灿若星辰，而无须如石头般坠落，如荆棘般尖锐而琐碎。

　　尤尔·布丁是如此的一个特例。有人看到了大海，有人看到了沙砾，有人看到了贝壳，有人看到了鳕鱼，而他抬起头来，看到了天空。他的世界从而定下了自己的基调，他的画笔一再地重现着他的世界。当整个世界都在奔向大海的时候，他却笔直上升，直遏白云。

　　夏天的夜里，为了消磨困顿与烦躁，我重新看了《阿甘正传》。又一次，在雨滴节奏一样的开场钢琴声中，一片白色的羽毛自灰色的天空下飘然流经，落在阿甘的脚下。

　　汤姆·汉克斯又一次秉持着那沉静、懵懂、孤单的表情，打

第10章
后记

开自己的本子，将羽毛夹在其中。那个本子中记载着这个历经沧海的人的记忆世界：在夹羽毛的那一页，是蜡笔画就的孩子、白云、青山、草地，以及天空。

G

谨以此小说，献给，我故去的外婆，及，我的海伦。

2005 年 10 月 6 日

张佳玮

图书在版编目（CIP）数据

再见帕里斯/张佳玮著．–北京：作家出版社，2006.1
ISBN 7 – 5063 – 3502 – 6

Ⅰ. 再… Ⅱ. 张… Ⅲ. 长篇小说 – 中国 – 当代
Ⅳ. I247. 5

中国版本图书馆 CIP 数据核字（2005）第 155814 号

再见帕里斯

作者：张佳玮

责任编辑：李明宇

装帧设计：阮剑锋

出版发行：作家出版社

社址：北京农展馆南里 10 号　　　邮码：100026

电话传真：86 – 10 – 65930756（出版发行部）

　　　　　86 – 10 – 65004079（总编室）

　　　　　86 – 10 – 65389299（邮购部）

E – mail：wrtspub@ public. bta. net. cn

http://www. zuojia. net. cn

印刷：北京明月印务有限责任公司

开本：880 × 1230　1/32

字数：158 千

印张：8.75　　　　　　　插页：3

印数：001 – 10000

版次：2006 年 1 月第 1 版

印次：2006 年 1 月第 1 次印刷

ISBN 7 – 5063 – 3502 – 6

定价：18.00 元